Brigitte Bee

Von Querköpfen und Taugenichtsen

Geschichten aus dem Frankfurt der 80er Jahre
Mit einem Vorwort von Michael Liebusch

Kunstraum Liebusch

Bibliografische Information der Deutschen Bibliothek
Die Deutsche Bibliothek verzeichnet diese Publikation in der
Deutschen Nationalbibliografie; detaillierte bibliografische Daten
sind im Internet über http://dnb.ddb.de abrufbar.

Hrsg. Michael Liebusch, 2. Auflage des Kunstraum Liebusch
www.kunstraum-liebusch.de
Satz und Layout: Michael Liebusch
Portraitfoto: Jean-Gaston Bruehl
Einbandbild: *Geometrie im Raum*, Michael Liebusch 2011, 80x100cm, Acryl auf Lw.
Herstellung und Verlag: BoD - Books on Demand, Norderstedt
ISBN 9783752627565

den Querköpfen* und Taugenichtsen gewidmet

* "Wer in seinen Vorstellungen und Handlungen von denen anderer auffällig abweicht... Wenn er die Meinungen und Handlungen anderer wegen seiner verkehrten Ansicht durchkreuzt, so nennt man ihn Querkopf."

Aus: Christian Ferdinand Meyer - 1849
Handwörterbuch deutscher sinnverwandter Ausdrücke

Vorwort

Die Geschichten von Brigitte Bee, die sie hier vorlegt, sind wie Blitzaufnahmen aus dem Frankfurt der achtziger Jahre. Männer geben einen tiefen Einblick in ihre Innenwelten. Heftige verbale Ausbrüche begleiten ihre widerborstigen Monologe. Dennoch sind sie voller tiefer Menschlichkeit und Aufrichtigkeit.
Diese Männer sind Brigitte Bee auf der Straße oder in Cafés begegnet. Sie haben das Bedürfnis von sich zu reden, geben Erklärungen ab und versuchen sich an einer Erzählung ihres Lebens.
Dank Brigitte Bee's Bereitschaft und Fähigkeit zuzuhören und ihrer gewählten Form der Niederschrift, ist eine Sammlung skurriler Manns-Weltbilder entstanden, die ihre Alltagphilosophien, Überlebensstrategien, Träume, Lebenskonzepte und Phantasien preisgeben.
Die Schauplätze ihrer Miniatur-Dramen sind Kaufhäuser, die Oper, Wohnungen, Cafés, das Kino, der Stadtwald, Wiesen und Felder, das Bordell, Straßen, Autos, Bahnhöfe.
Allen Geschichten ist die Sichtweise des Scheiterns gemein. Die Begründungsverfahren, die diese "Großstadthelden" anstrengen, helfen ihre Wunden zu behandeln.
Die Protagonisten dieser Geschichten leben am Rande oder über den Rand dieser Gesellschaft hinaus. Sie sind Angeber, Besserwisser, Eigenbrötler, Machos. Ihre Geschichten sind voller Prahlerei und Unbarmherzigkeit, trotzallem voller Sensibilität und Wahrhaftigkeit. Diese Wüteriche können auch träumen und utopische Weltmodelle entwerfen.
Die Geschichten von Brigitte Bee schonen den Leser nicht. Es geht ans "Eingemachte", es gibt kein Tabu. Erzählt wird einfach und ungeschminkt. Durch Sprache ist hier nichts geschönt oder ästhetisiert. Es geht ganz tief ins Mark. Ein ganz Sensibler

haut brachial zu. Ein Brutaler wird hier ganz weich. Die Gegensätze von Gut und Böse, Gut und Schlecht sind aufgehoben. Heraus kommt der Mensch im Zwiespalt.

Die achtziger Jahre sind geprägt vom Wertewandel. Die rasanten Entwicklungen im technischen und ökonomischen Bereich stoßen an Grenzen. Bedrohungen von Frieden und Natur werden thematisiert. Menschen entwickeln gesellschaftliche Gegenentwürfe zum Modell von Leistung und materiellen Lebensvorstellungen. Proteste und Verunsicherungen wegen der latenten Bedrohungen durch die Aufrüstung, der Stationierungen der Pershing II in Deutschland. Die Friedensbewegungsdemos, der West-Ost-Konflikt, das Auftauchen von AIDS in Deutschland, der atomare Gau. In Frankfurt die Umstrukturierung des Stadtbildes, mehr und mehr Hochhäuser, die Protestbewegungen gegen die Startbahn-West, die Umweltverschmutzung. Das sind einige der Schlagzeilen von damals.

In Brigitte Bee´s Geschichten über jene Männer der 80er Jahre finden wir Prototypen und Außenseiter versammelt, die diese Zeit ausmachen. Nur, es sind die Extremen. Sie sublimieren nicht und gründen keine Bewegung. Sie sind mehr oder weniger aus der Bahn geworfen und gehen ihren eigenen Weg ins Innere ihres Selbstes. Der Konsens mit der Gesellschaft ist weitgehend abhanden gekommen und die rasante Entwicklung auf der Welt hat dazu geführt, dass sie sich nicht mehr zugehörig fühlen. Sie haben das entdeckt, was unter den Teppich gekehrt wird, weil es Sand ins Getriebe streuen könnte. Widerständig, äußern sie sich spontan. Sie speien im explosiven Wortschwall ihre Beschwerden heraus. So befördern sie, ohne es zu wissen, die Literatur.

Brigitte Bee hat bei diesen Begegnungen die große Fähigkeit, den richtigen Moment zu erkennen, innezuhalten, geduldig und genau zuzuhören. Sie nimmt die Worte, ihren Klang und die Emotionen auf und trägt sie im Kopf direkt nach Hause an den Schreibtisch.

Unverzüglich beginnt sie den Sprachduktus der Alltagsphilosophien, der verdichteten Verzweiflung, der Wut und der kuriosen Illusionen dieser Menschen in Geschichten zu konservieren. Ein Glücksfall für die Literatur und ein einzigartiges Dokument nicht nur für Frankfurt und seine Zeitgenossen der 80er Jahre.

Michael Liebusch

"Wenn Sie Gedanken lesen können, zum Beispiel, wenn Sie das absolut beherrschen, dann brauchen Sie niemanden mehr. Wenn Sie das beherrschen, dann brauchen Sie nicht zu reden. Dann können Sie den ganzen Abend allein in einer Kneipe sitzen und sich dabei köstlich amüsieren."

Von Querköpfen und Taugenichtsen
"Gedanken zur Gedankenkraft"

Das hält kein Mensch aus

Wie soll er das alles bloß aufnehmen und dann auch noch verkraften? Er läuft durch die Stadt und sein Kopf, der wird immer dicker. Er weiß gar nicht mehr wohin mit dem ganzen Müll.

Nein, was man den ganzen Tag so alles verkraften soll.

Sein Kopf wächst und wächst. Dabei muss er immer noch funktionieren.

Diese Minute muss er lieb sein, vor Liebe überströmen. Die nächste Minute muss er mit dem Schwert so zuschlagen, dass kein Gras mehr wächst, und das alles mehr als hundertmal am Tag in mehr als hundert Variationen.

Wie soll das ein Mensch aushalten?

Ab und zu setzt er sich auf sein Sofa, um ein paar Minuten zu entspannen. Er setzt sich hin, schließt die Augen, und wenn er sie aufmacht, ist es nicht mehr Vier, sondern halb Acht, obwohl er schwören könnte, dass gerade erst fünf Minuten vergangen sind.

Es ist einfach Wahnsinn, wie das alles rast, es rast so, dass er einfach gar nicht mehr mitkommt. Das alles füllt sich in seinem Kopf an und dann soll er das auch noch verkraften. Das hält doch kein Mensch aus. Tabletten helfen da sowieso nicht, da stellt sich der Körper drauf ein und alles ist genau wie vorher. Oben rein, unten raus, als ob nichts gewesen wär. So ist das. Das ist einfach schwer, wenn man sich ständig auf alles total einlassen muss und kann. Da hilft dann nichts mehr und man kann sich am Ende nicht mal mehr selbst helfen.

Eigentlich würde er die Menschen immerzu gerne mit Liebe überschütten, mit so ungeheuer viel Liebe, wie es sich niemand vorstellen kann, aber bei dem, was er den ganzen Tag aushalten muss, müsste gleich hinterher das Schwert kommen.

Rennbahn

Jetzt kriegen sie ihn dran. Es gibt kein Entrinnen mehr. Zehn Jahre hat er's geschafft. Zehn Jahre arbeitsunfähig, krankgeschrieben. Und jetzt ist's aus. Jetzt macht das Amt nicht mehr mit. Der Amtsarzt stellt blöde Fragen: "Was machen Sie denn so den ganzen Tag?" Dann sagt er, dass er zu Hause sitzt und Bücher liest, und da sagt der Amtsarzt: "Na, na, Sie wollen doch wohl nicht Professor werden. Man kann doch nicht den ganzen Tag lesen." Also wiedermal alles falsch gemacht. Das war's dann. Jetzt muss er dran. Jetzt schicken sie ihn auf die Rennbahn. Jetzt ist's aus.

Der Bart der ist mein Leben

Entschuldigen Sie, dass ich Sie anspreche, aber Sie haben so einen langen Bart.

Ich mag Menschen, die mit der Natur verbunden sind. Wie lange wächst denn Ihr Bart denn schon?

Drei Jahre! Das kann ich gar nicht glauben, aber wenn Sie es sagen. Es ist aber doch wohl richtig, dass Fingernägel schneller wachsen als Haare, so habe ich es jedenfalls gelernt. Ich mag Menschen mit so einem Bart. Immer, wenn ich so einen Bart sehe, muss ich an Berti denken.

Berti war ein richtig guter Freund. Wir sind Motorrad gefahren, im Motorsportverein. Der Berti hat so einen gepflegten Vollbart gehabt und hat immer gesagt: "Der Bart, der ist mein Leben." Und ich hab immer aus Spaß gesagt: "Berti, schneid doch mal den Bart ab." Der Berti war nämlich ein wirklich gutaussehender dunkelhaariger Mann, aber er hatte als einziger keine Freundin.

Eines Tages, als ich wiedermal gesagt hatte: "Berti, schneid doch mal den Bart ab", da hat er tatsächlich den Bart abgeschnitten.

Die Woche drauf sind wir mit dem Motorrad ins Saarland gefahren. Der Berti vornweg in die Gessbacher Kurve. Da hat es ihn herausgerissen. Das war brutal. Er war gleich tot.

Ich muss immer denken, ob ich an seinem Tod schuld bin, weil er doch immer gesagt hat "Der Bart, der ist mein Leben". Ich bin ein Mensch, der viel nachdenkt, damit ich mit den Sachen klar werd´, die ich erlebe. Aber es gibt Sachen, da gibt es einfach keine Erklärung. Da kommt man auch nach 30 Jahren nicht dahinter.

Selbstfindung

Stolz ist er schon, dass er das durchmacht, weil er weiß, dass seine Selbstfindung nur über das Durchleben größter Gefahren möglich ist. Er hat bisher immer wieder diesen Schutzengel gehabt, der in letzter Sekunde eingreift bei den Schlägereien mit Zuhältern, den Exzessen mit drogenabhängigen Prostituierten. Bei den Autofahrten ohne Führerschein. Bei seiner Flucht vor der Polizeistreife auf der Autobahn, über Baustellen und Verkehrsinseln. Beim Bremsen einen halben Meter vorm Laternenpfahl oder Brückenpfeiler.

Das Spazierengehen auf dem Segelflugplatz, das war auch nicht so ohne. Da ist er von der Tragfläche eines Flugzeugs fast geköpft worden. Plötzlich hat er von oben so ein seltsames Rauschen gehört und als er hochgeschaut hat, setzte der Segelflieger zur Landung an, direkt auf ihn zu. Er ist gerannt und gerannt. Das Ding war riesengroß und ausweglos schnell. Nur, weil er sich plötzlich intuitiv flach auf den Boden geworfen hat, hat es ihn nicht erwischt. Demnächst wird er sich ein Motorrad kaufen, so eine Harley Davidson.

Die City überleben

Die City hat ihre eignen Gesetze.

Wenn du nicht mit einem Messer in den Rippen im Gebüsch liegen willst oder mit einem Betonklotz am Bein auf dem Grund des Mains, musst du dich vor allem mit den Jugos gut stellen.

Mit Türken oder Marokkanern kannst du ruhig Zoff haben, das ist nicht so tragisch, aber bei den Jugos solltest du ruhig ein bisschen Arschkriechen, dann lebst du länger und kriegst auch keine Probleme mit den SoKos.

Bei den Junkies allerdings ist das eher Glückssache. Gnade dir Gott, wenn du einen auf 'nem schlechten Turkey erwischst. Entweder du gibst ihm gleich, wenn er auf dich zusteuert, alles, was du im Portemonnaie hast, oder du sagst: "Hey, Junge, du, ich hab echt nicht einen Pfennig in der Tasche, die haben mich gerade da drüben bei der Pizzeria rausgeschmissen, wegen der Penunze." Das versteht der Junkie voll gut und krallt sich gleich ein paar Kumpels und sie gehn mal schaun, was da abgeht. Dann aber, gnade dir Gott, Pizzabäcker.

Ansonsten brauchst du prinzipiell die Junkies und die Straßengangs nicht zu fürchten, wenn du Klamotten anziehst wie ein Penner, oder zumindest ordentlich schwarzgeränderte Fingernägel hast. Da schaun die Jungens drauf, da wissen sie gleich, dass du nicht dazugehörst zur feinen Gesellschaft.

Du darfst natürlich auch nicht den Fehler machen und deinen nagelneuen knallroten Ferrari direkt vor einer Szene-Disco abstellen. Wenn du dann nach ein paar Stunden zurück-kommst, hat dein Ferrari garantiert keine Räder mehr und steht fein säuberlich auf vier Holzböcken. Neben deinem Ferrari steht zufällig ein cooler Typ, der dich fragt, ob du vielleicht ein paar Reifen gebrauchen kannst, die zufällig genau zu deinem

Ferrari passen, und nennt dir gleich einen ordentlichen Preis.

Wenn du es dann noch riskierst zu überlegen, ob du zahlen sollst, kriegst du gesteckt, dass du ja ruhig die Polizei holen kannst, aber dein Ferrari wird dann vielleicht gar nicht mehr so schön nagelneu aussehen.

Natürlich zückst du dann sofort dein dickes Portemonnaie und zahlst den geforderten Preis, dafür kannst du auch live das Schauspiel erleben, wie dir drei andere coole Typen, schneller als du staunen kannst, deine Reifen wieder draufschrauben und zwar ganz fachmännisch. Du kriegst dann auch noch gesteckt, dass du ein ganz dufter Typ bist, aber dass du deinen Ferrari lieber nicht mehr direkt hier vor der Szene-Disko parken solltest, weil...

Fährst du allerdings mit deinem weißen Jaguar vor und die Jungs checken nicht gleich, dass sie die Reifen schleunigst wieder dranzuschrauben haben, brauchst du nur zu sagen: "Okay Jungs, ich zahl ja gleich, aber lasst mich grade nochmal meinen Onkel anrufen, dem geht es nämlich gar nicht gut." Dann werden die Jungs fragen, wie dein Onkel heißt und wenn du dann sagst, dein Onkel heißt so und so (der Name darf hier nicht genannt werden), dann wirst du sehen, wie die Jungs gleich wieder auf der Reihe sind. Wie der Blitz sind deine Reifen wieder dranmontiert und die Jungs entschuldigen sich tausendmal, sie hätten sich geirrt, das sei keine böse Absicht gewesen und du sollst dem Onkel ausrichten, dass sie ihm wirklich alles Gute wünschen.

Der benannte Onkel nimmt solche Vorfälle nicht auf die leichte Schulter, das ist bekannt, hier ist schließlich sein Revier und er sorgt dafür, dass alles in Ordnung geht. In seinen Discos, Peep-Shows und Bordellen käme nie ein Jugo auf die Idee, abkassieren zu wollen. Onkels Leute sorgen da für Ordnung. Man fährt vor, verprügelt ein paar von den Dummköpfen, die sich nicht an die Regeln halten, grüßt die Bullen auf der anderen Straßenseite freundlich, steigt wieder in die Karosse und braust davon.

Solange Onkel die Szene im Griff hat, kannst du beruhigt durch die City bummeln, da gibt es eigentlich keine Schießereien oder Messerstechereien, du darfst, wie gesagt, bloß nicht unvorsichtig sein und in den Bezirk der Jugos geraten, dann Gnade dir Gott, wenn du nicht scheißfreundlich bist beim Hütchenspiel und dir die Hunderter ohne Protest abnehmen lässt, am besten ist es eh, wenn du gleich ohne Worte dein Portemonnaie abgibst.

Das Caféhaus-Universum

"Noch einen Espresso bitte", ruft Mike, obwohl er's mächtig mit dem Magen hat.

Zecki, die studentische Aushilfe an der Kaffeemaschine, runzelt die Stirn: "Meinst du nicht, du solltest lieber einen Kamillentee? Aber du musst es ja wissen. Davon abgesehn, geht mir das Universum ganz schön auf'n Geist, wie's einem da draußen grad mal mit 170 km/h um die Ohren gehauen wird." Zecki ist einfach phantastisch, sie kennt alle Vorlieben und Wehwehchen ihrer Kundschaft und versprüht, wenn sie so richtig gut drauf ist, einen umwerfenden Charme, gemixt aus Nena und Nina Hagen.

Inzwischen krault Zecki Hannibals aufgeblähten Titanennacken, sie weiß, jetzt geht's gleich mit ihm los. Hannibal hat seine Betriebsratsvorsitzbrille zurechtgerückt und die Zigarette nochmal tief angesuckelt. "Universum", sein Stichwort, klar!

"Also", steigt Hannibal ein, "jetzt aber mal langsam, von wegen Universum und so. Ich sag euch was, was da so in den Zeitungen steht, das ist ja erst mal zu 80 Prozent alles Lüge. Und über die Natur steht sowieso jeden Tag was anderes drin. Ob die Orkane nu normal sind und schon im Mittelalter unsren Vorfahren die Pestbeulen von der Backe geblasen haben oder ob sie nun Vorboten der Umweltkatastrophen sind, das weiß doch eh keiner. Aber die von den Zeitungen, die wollen einem doch in erster Linie nur Angst einjagen, jeden Tag ne andere Angst. Klar, damit wir immer schön wegducken und brave, demütige Staatsbürger bleiben."

Hannibal räuspert sich und blickt bedeutungsvoll in die Runde. Mike hat sich inzwischen doch für einen Espresso entschieden: "Bei der Problematik!" Maserati fühlt sich von der Geschichte weniger angemacht, er blättert gelangweilt in der neuen

Computer-Data-Illu und kaut seine Fingernägel. Auch Stoney, einer aus der Andy Warhol-Factory, der bekannteste Pflastermaler der Stadt, ist nicht so recht bei der Sache. Er will jetzt erst mal dem Baccherini eines seiner brandheißen Lithos andrehen, weil das Pflastermalen heute nicht mal genug für ein halbes Wienerwaldhendl und ´nen Liter pasteurisierte Milch gebracht hat.

Hannibal kräuselt die Stirn, zieht an der Lulle und schärft seinen Blick für potentielle Zuhörer. Er entscheidet sich für ein kleines Päuschen.

Mr. Bumble und Mr. Lee arbeiten sich zur Zeit vehement in das Chemikalienwunderland des Steve no Wonder ein und simulieren nebenbei noch den alten Louis, den vierzehnten Armstrong. Das geht selbst Hannibal übers Megahertz.

"Ob es nicht trotz allem besser wäre, wenn der Kommunismus die Weltherrschaft antreten würde", fragt der Ex-Genosse den Versicherungsagenten. "Red nicht so ein Zeug!" blafft der. "Du hast ja keine Ahnung, ich hab´s erlebt, was das ist. Vier Jahre Bautzen, mehr gibt´s dazu nicht zu sagen. Kommunismus, sowas gibt´s doch auf diesem Planeten gar nicht mehr, den hat doch der Woytila ein für allemal erledigt. Mein Problem ist doch vielmehr, wie die Versicherungen die Orkanschäden unbeschadet überstehen können. Wenn das so weitergeht, sind wir bankrott." Mr. Bumble ist inzwischen auch schon bei "stormy weather" angelangt und bläst ein Wölkchen Dunhill in die Runde. Zecki liebt den Sound und auch den Smoke von seiner Pfeife und tänzelt mit vier Tassen in der einen und drei Aschenbechern in der anderen Hand über Bumbles Schoß hinüber zur Spülmaschine.

"Das hier", donnert Hannibal unerbittlich in die Idylle, "dieser Kopf, das ist das ganze Universum!" Die Kaffeetrinker zucken zusammen und starren Hannibal an. Jetzt, voller Einsatz. Mit bebender Stimme und einem merklichen Crescendo, begleitet von extensivem Augenrollen, grollt Hannibal: "Da könnt ihr mir alle noch so viel reinschwätzen und die Zeitungsschmierer können noch so viel schreiben. Ich denke, was ich will und wie ich will. Da gibt es keine Manipulation. Da können die Herren Politiker da oben noch so viel sagen." Hannibal reckt seinen Kopf weit aus den Nackenblättern heraus und schlägt sich mit der Handfläche gegen die Stirn: "Dieser Kopf, das ist das ganze Universum und das gehört ganz allein mir. Und die anderen, die können mich alle mal."

Hannibal fixiert mit bedrohlichem Funkeln seiner goldrandigen Betriebsratsvorsitzbrille seine Zuhörerschaft, dreißig Sekunden lang genießt er das angespannte Schweigen der Runde. Bereit zur erneuten Grollgebärde, schiebt er den Hals lang, in Richtung Tischmittelpunkt, den Kopf in blauroter Glut, das Demagogenmaul weit aufgerissen, bereit zum Biss in die Kehle desjenigen, der es wagen würde, diesen Augenblick... "Tja", dröhnt er, "da kommt mir keiner ran. In meinem Universum herrsche ich ganz allein." Hannibal schlägt hart mit der Faust auf den einhundertvierzigjährigen Eichentisch, die Tassen klappern, die Chefin zuckt auf und schnappt nach Luft für ein "Aber, aber meine Herren, so benehmen Sie sich doch, denken Sie doch an die anderen Gäste." Hannibal hört nicht. Er bläht die Nüstern und saugt hörbar Luft ein. Augenrollen. Abwischen der Schweißperlen. Hannibal reißt seine Brille herunter, stemmt seine Hände auf der Tischkante ab, um den Brustkorb zu weiten, und stößt ein nochmals wohlartikuliertes "Mein Universum gehört ganz allein mir!" hervor.

Beifälliges Nicken, ein "Donnerwetter, der ist ja fast so gut wie der alte Goebbels", und allseitiges "Ja, ja, recht hat er." Hannibal lehnt sich zufrieden zurück und nimmt einen Schluck von seinem fünften Kaffee, bedeutet seiner draußen vorm

Schaufenster heftig gestikulierenden Ehegattin, dass er so-gleich aufbrechen werde - ein Zigarettchen noch -, und zieht genüsslich den Rauch seiner Gauloise in die Lunge.

"Wenn du so weitermachst", brummelt Mr. Bumble, "wirst du noch Pepsodent der Verunreinigten Staaten, hahaha. Du bist blend-a-medial!"

"Kennst du den schon", mischt sich der rote Ex-Genosse gleich ein. "Der Reagen auf die Piste pisst und gibt die Schuld dem Terrorist." Schweigen. "Der war zu alt", konstatiert Zecki. "Kennste eigentlich nicht den neusten Trabi-Witz. - Kommt einer mit 'nem Trabi zur Tankstelle, sagt zum Tankwart: Geben Sie mir zwei Scheibenwischer für meinen Trabi. Der Tankwart zögert, überlegt einen Moment, sagt dann: Okay, guter Tausch."

Jetzt geht's aber rund, plötzlich wollen alle auf einmal was haben und Sitzplätze gibt's auch schon keine mehr. Zecki rotiert, behält aber die Übersicht, wie immer. "Einen entcoffeinierten Espresso bitte! Eine Tasse Kaffee und ein Kännchen heißes Wasser bitte! Eine halbe Tasse Kaffee, aber ganz dünn! Einen Kaffee und einen Espresso gleichzeitig, aber nur einen Löffel bitte! Einen Milchkaffee und ein Brötchen spezial mit Butter, Käse, Schinkenwurst, Schinken und Salami bitte!" Zecki ist schwer in Fahrt. "Oh Mann", ruft sie im Vorbeilaufen dem Bienenheinz zu. "Nimm doch endlich deinen Teebeutel raus! Hier muss man sich aber auch um alles kümmern. Ich hab schon richtig Muttergefühle entwickelt für euch."

"Einen Kaminfegertee bitte." - "Für mich einen Stanley-Coffee, das meint Kaffee mit Espresso, you know, und ein Stück Käsekuchen mit Vanilleeis drauf." - "Oh whow", stöhnt Zecki verzückt, "diese Amis, ich steh echt auf sowas, ehrlich, die sind so herrlich pervers."

Kaufhauskrieger

Du gehst also ins Kaufhaus, weil heute Freitag ist und heut Abend die Freundin kommt zum Fernsehen und Schmusen und so.

Im Eisfach zu Hause hast du noch eine Pizza Funghi, die reicht für euch beide. Und eine Dose Erdnüsse ist auch noch da. Es fehlt nur noch eine gute Flasche Wein. Die Freundin mag leider keinen Roten und auch keinen Italiener und Franzosen, so steuerst du in der Lebensmittelabteilung gleich auf das Rheingau/Pfalz-Regal zu.

Weil die schönen, nicht zu trockenen Weine natürlich wieder mal ganz unten liegen, musst du dich bücken, wenn du die Weinetiketten lesen willst.

Du bückst dich also und prompt rammt dir einer so einen Einkaufswagen hinten rein und zwar mit einer solchen Wucht, dass du dreieinhalb Meter weiter auf den Boden segelst.

Und weil das Schwein auch noch lacht, packt dich voll die Wut und du springst auf und haust ihm voll eine rein.

Aber das Schwein schreit auch noch los und will eine richtige Schlägerei anfangen.

Wenn du dann aber grade dein neues Radio dabeihast und willst nicht, dass es gleich wieder kaputt geht, dann rennst du natürlich weg, das ist doch klar. Du rennst also vorbei am Bordeaux-Regal, Käsetheke, Fleischtheke, bei der Obsttheke durch die Kasse und auf einmal sind alle hinter dir her, von wegen, "Wenn im Kaufhaus schon einer rennt, dann muss was faul sein", von wegen "Ladendieb" und so weiter.

Mit drei großen Sprüngen schaffst du die Rolltreppe, siehst schon die Straße vor dir und denkst gerade "Jetzt hab ich's geschafft, jetzt hab ich die Meute abgehängt", da siehst du ihn in der Tür stehen, den Hausgorilla.

Und der Gorilla, der hat den ganzen Tag Langeweile gehabt und jetzt sieht er dich rennen und die Meute hinter dir her, da riecht der natürlich Blut.

Du läufst also weiter. Du musst ja dort raus, sonst lynchen dich die von hinten. Du läufst auf die Tür los und schon haut dir der Gorilla die Faust voll ins Gesicht, sodass die Oberlippe platzt und fürchterlich blutet.

Anschließend ist allen, einschließlich Hausdetektiv, alles sehr peinlich, weil du ja kein Ladendieb bist und schließlich auch nicht angefangen hast mit dem Gerangel.

Du wolltest ja nur deine Ruhe haben und gemütlich einen schönen Wein für den Abend aussuchen. Schließlich würde aber doch jedes Tier, das einfach so, ohne Grund von hinten angefallen wird, rot sehen und dem Angreifer eins draufgeben – das ist doch ganz natürlich.

Der Kerl mit dem Einkaufswagen ist längst verduftet. Aber das war eben dein Fehler. Wenn du dich reizen lässt und dann noch als Erster zuschlägst, bist du der Dumme.

Bei uns ist es eben so, du musst cool sein, immer die Nerven behalten und abwarten, bis der andere den ersten Schlag gelandet hat, und dann musst du dich aber ganz schnell hochrappeln und den fertigmachen.

Erst dann bist du im Recht und alle halten zu dir.

Na und jetzt ist die Lippe genäht und es ist Feierabend. Du hast ein Boxerface, wie der Frazier nach dem Fight mit Muhammed Ali, hast nicht mal eine Flasche Wein und wer weiß, ob das Radio nicht auch noch was abgekriegt hat.

Beruhigen Se sich doch

"Muttchen", hat Ed gesagt, "beruhigen Se sich doch, weinen Se doch nich so, ich kann's gar nicht mitansehen."
Ed hat Muttchen, seine Hausmutter, seine Wirtin, einfach untergehakt und hat gesagt: "So, Muttchen, jetzt geh'n wir beide erstmal einen trinken! Und ich lade heute ein, damit Se nicht mehr so traurig sein müssen, wegen ihrem Freund."
"Ach, er ist fort", jammert Muttchen. "Er ist fort, fort", jammert Muttchen. "Er ist fort, fort, mit den 1000 Mark, und er ist überhaupt nicht mehr wiedergekommen!"
Ed gibt Muttchen 'nen Schnaps aus und noch 'nen Schnaps und noch 'nen Schnaps. "Man muss sie ablenken", sagt Ed zur Serviererin, "sonst macht se nich mehr lang. Is ja immerhin 84 Jahr." Ed hat das beobachtet, mit dem Freund, das ging ganz lange so. Der ist immer gekommen, so zweimal im Monat, und hat Muttchen besucht und hat Geld geholt. Er war so Mitte dreißig und sie hat sich halt immer so gefreut, wenn er kam.
Irgendwie hat sie ihn geliebt. Sie hatte ja auch niemanden mehr. "Er is fort", wimmert Muttchen, "er is fort, ach, ich will nicht mehr, will nicht mehr."
Das hat Ed so richtig leid getan und er hat noch'n Weinchen ausgegeben und noch'n paar Schnäpse, damit Muttchen nicht mehr so traurig sein muss, wegen dem Freund. Aber dann ist Muttchen ganz plötzlich umgefallen und es war fertig mit ihr. "Man kann's gar nicht versteh'n", jammert Ed, "sie war doch immer so rüstig. Sie hat doch auch immer allerhand vertragen. Aber jetzt hat sie sich halt hängen lassen, weil sie keinen mehr hat, der ihr die Rente wegnimmt."

Und dann ist es passiert

Seit dem Mozart ist er wie verwandelt.

Er hat eine Oper von Mozart gehört, oben, im dritten Rang, und seit damals ist alles anders. Er hat es gespürt, diese drei Sängerinnen haben den ganzen Abend nur für ihn gesungen. Es ist richtig auf ihn geprallt und es hat ihn nicht mehr losgelassen.

Seit Wochen macht er nun seine Kreise um das Theater. Da muss er wieder rein. Und er ist beim nächsten Mozart auch gleich wieder reingegangen. Drei Tage nix gegessen, aber einen Platz in der zweiten Reihe, direkt vor der Bühne. Na, und da ging´s erst richtig los. Sie haben ihn gleich gefunden und haben ihn die ganze Zeit angesehen mit diesen Augen, die sagen: "Also mit dir da unten, naja, da könnte ich mir´ s schon vorstellen." Und er hat immer nur gedacht, "eine von denen muss ich haben."

Und dann ist es passiert. Die eine, diese schöne Dicke mit den braunen Augen, die wollte wirklich was von ihm, das war klar. Die hat ihm immer tiefer in die Augen geschaut und hat ihn total angesungen, sie hat ihn so angesungen, dass er auf einmal weinen musste. Die Tränen sind ihm nur so herausgeschossen. Er wusste nicht, warum. Er hat nur noch gesehen, wie auch der Sängerin die Tränen in die Augen gestiegen sind. Da war er erledigt. Er ist aufgesprungen und ist hinausgerannt, durch den Seiteneingang, nach hinten zur Bühne. Dort hat er dann ganz still gestanden und die Musik ist so voll durch ihn hindurchgegangen und er wusste, jetzt, jetzt würde sie gleich kommen...

Aber was sollte er ihr sagen? Er begann am ganzen Körper zu zittern, was sollte er ihr nur sagen und wie sollte er überhaupt nur ein Wort herausbringen, wenn sie ihm begegnete?

Er war völlig erledigt.

Dann hat ihn auch noch so ein Wachmann von hinten angeraunzt, dass es nicht erlaubt sei, hier herumzustehen, und dass er verschwinden solle. Da hat er seinen Platz geräumt. Aber nur für diesen Abend. Dann ging's aber ordentlich los. Dann ist er rein in die Oper, als Eroberer. Er hat sie alle bestochen. Erst gab's Bier und Schinken für den Pförtner, dann Sekt für die Bühnenarbeiter und die Garderobefrauen und noch einen Kasten Bier für die Türschließer vom ersten bis zum dritten Rang. Und wenn sie gefragt haben, hat er nur gesagt: "Sie machen mich verlegen" oder "Ich soll hier einen Kasten Bier abgeben vom Verein zur Förderung der Schauspielkunst." Riesige Brocken Schinken hat er beschafft und ins Theater geschleppt. Naja und die haben sich amüsiert und ihn in Ruhe gelassen.

Aber wie sollte das werden mit der Sängerin? Was sollte er nur tun, wenn sie ihm endlich begegnete? Seitdem sie ihn so angesungen hat, ist er völlig außer sich. Er ist völlig wehrlos. Ein Tag, ohne Hoffnung sie zu sehen, und er ist ein Nichts. Alles ist leer. Nichts funktioniert mehr.

Nur der Kopf arbeitet und arbeitet. Er denkt an Pralinen – in den Briefkasten, vielleicht – oder überhaupt, vielleicht ein Brief. Er denkt und denkt. Den ganzen Tag läuft er ums Theater herum und grübelt.

Plötzlich geschehen eigenartige Dinge. Nachts, wenn er völlig erschöpft in seinem Bett liegt, klingelt es an der Tür, aber nie ist jemand da. Auf dem Weg durch die Stadt findet er seltsame Zeichen, die ihm bedeuten, dass er ihnen folgen soll. Er findet keine Ruhe, es ist aus mit ihm. Er wird nie wieder was mit einer anderen Frau anfangen können. Es ist einfach aus. Die von der Oper, die hat ihn aufgefressen, die spielt mit ihm Blindekuh. Die dreht ihn hin und her und es macht ihn völlig fertig und er findet´s noch gut.

Dann kommt seine letzte Chance. Zum letzten Mal wird Mozart gegeben, diesmal muss er es einfach schaffen. Er hat eine glänzende Idee. Er rennt in die Kleinmarkthalle und kauft den größten Rettich, den sie dort haben. Das müsste genügen. Aber die Verkäufer lachen und der Pförtner an der Oper lacht auch und sagt: "Jetzt fang bloß nicht mit dem da an." Und da schmeißt er den Rettich eben in den Märchenbrunnen und steht wieder da, mit leeren Händen. Und ausgerechnet heute muss er es schaffen. Seine letzte Chance. Es muss ihm gelingen, sie anzusprechen.

Aber das Sprechen, das ist das Schlimmste, das ist wie, wenn du riesigen Hunger hast und du wirst in ein wunderschönes Restaurant eingeladen und es stellt dir einer einen schönen warmen Braten auf den Tisch. Du nimmst Messer und Gabel und willst gerade anfangen zu essen und kurz vorm Abschneiden fallen dir Messer und Gabel aus der Hand.

Das mit dem Sprechen, das ist das Allerschlimmste. Da reicht es nicht aus, wenn du vor ihr stehst, auch wenn du schlank bist und einigermaßen gut aussiehst. Wenn sie vor dir steht, dann musst du etwas sagen!

Wirklich, er hat sie geliebt, wie keine. Er hätte sie sogar geheiratet, er hätte immer die feinen Anzüge getragen und hätte ihr immer nur zugehört. Wenn er nur ein Wort hätte herausbringen können.

Mit Mozart hat alles angefangen und nun gibt´s keine Ruhe mehr, so sieht´s eben aus.

Brezzel-Berndche

Das war noch schön. Damals bin ich immer abends nach der Zeichnerei im Städel mit dem Brezzelkorb los. Das ging so bis 1968.

Da hawwe se all dagesesse, die alte Sachsehäuser. Und wenn ich zum Aprikösie komme bin, da hawwes se gejohlt: "Ei, des Berndche. Ei mir hawwes gut, mir hawwe jetzt Feierabend und der fängt erst an!" Die hawwe Geschichte erzählt, die hätt man alle aufschreibe müsse. Wie schad, dass ich kein Schreiber bin. Mit em dicke Notizbüchelche hätte mer dastehn müsse und diese ganzen Geschichten aufbewahren.

Viele von dene alte Kerle, die sind schon lange fort. Die sin angetrete da oben beim lieben Petrus, der seinen großen Schlüssel schwenkt. Die sind einfach verschwunden. Vielleicht gab's so ein kleines schwarzumrandetes Carree, in der Neuen Presse meistens, manchmal auch in der Rundschau. Das war's dann.

Beim Aprikösie, da hawwe die alte Kerle immer gesesse, und im Sommer, im Garten, da hawwe se einfach untern Tisch gepisst. Des war halt so üblich. Ja, ach, was soll ich dir erzähle. Und des Gerlindche, die Käss-Erbin, e werklich goldisch Mädsche, die hat die schönsten Brezzeln geschlungen und die Frau Blumm, die hat zwar zwischendrin immer mal einen gezwitschert, aber die hat die allerschönsten Brezzeln gehabt. Die hab ich immer obendrauf gelegt, die warn sofort verkauft. Das war noch schön.

Aber es ist so schad. Die alten Sachsenhäuser, die sterben alle weg, und die Geschichten sind dann auch fort.

Ruchlose Ausrottung

In Frankfurt hat er´s einfach nicht mehr ausgehalten. Er wollte nur raus, alles hinter sich lassen und in die Natur. Malen halt. Und in Ruhe gelassen werden. Aber die Natur ist nicht so, wie man sich´s erhofft, weil es Menschen gibt und die machen sich die Erde untertan. Man geht in die Natur und sieht die Landschaft, aber nicht lange, weil es dann losgeht mit den Maschinen.

Er hat seine Staffelei aufgestellt, direkt am Rand des Ackers und hat beobachtet.

Er hat zugesehn, wie die Bauern ihre Traktoren zur Zerstörung, zur ruchlosen Ausrottung gebrauchen. Da hat er angefangen, diese riesigen Maschinen zu malen, mit denen die Bauern ihre Felder bearbeiten. Zweihundert Mark Miete am Tag, dafür schabt so ein düsterer Panzer alles ab, was die Natur hat wachsen lassen

Die Bauern tun das, um ihre Wagen voll zu haben mit der Ernte, die sie ein paar Wochen später wieder, durch Subventionen, vom Staat gefördert, vernichten und verbrennen, oder in einen alten Steinbruch schütten und verfaulen lassen, weil die Ernte auf dem EG-Markt nicht zu annehmbaren Preisen abzusetzen ist.

Ab und zu kam so ein Bauer dann zu ihm hingefahren, hat aufs Bild geschaut, gelacht und gesagt: "Von dem, was du da machst, kannst du doch nicht leben!"

Und er hat nur geantwortet: "Meine Bilder werden aber auch noch existieren, wenn ich schon 100 Jahre tot bin."

'ne halbe Flasche Schnaps

Oh Mann, jetzt bin ich seit einem halben Jahr schon wieder so voll drauf aufm Alkohol.

Ich glaub, dass ich's diesmal nicht mehr schaffe. Das wär der vierte Entzug. Diesmal bin ich restlos fertig. Ich will zwar schon noch einen Entzug machen, aber das dauert wieder vier Wochen, bis das Sozialamt das genehmigt, wenn es überhaupt noch einen Entzug übernimmt.

In zehn Tagen muss ich meine Wohnung geräumt haben und ich hab über 1 1/2 Monate Mietschulden. Mit der Malerei läuft im Moment auch nix mehr, meine Bilder hab ich alle an Freunde verkauft.

Wenn du so einen ständigen Frust hast und siehst, wie an der Konsti die andern um dich rum dauernd abschlucken, da kannst du's irgendwann nicht mehr lassen, dann ist es aus. Inzwischen bin ich schon so weit, dass mir lieber ist, ich hab 'ne Flasche Schnaps, als die geilste und heißeste Frau. Sowas ist nach 10 Minuten vorbei und am nächsten Morgen ist sie verschwunden und ich seh sie vielleicht nie wieder. Aber von einer Flasche Schnaps bin ich zwei volle Tage bewusstlos und krieg nix mehr mit.

Der Tod ist schrecklich stark

Sie hat im Schifferkrankenhaus den Opa gepflegt. Der war schwer krebskrank und hat nur noch geredet, wenn sie da war, und hat sich nur von ihr füttern lassen.

Am letzten Morgen hat er sie gefragt: "Schwester, was ist das für eine dunkle Gestalt dort oben in der Ecke, die ist doch sonst nie da?" Sie sieht nur die weiße Wand und sagt ihm, dass sie die Gestalt nicht sehen kann. Der Opa weiß aber, was das bedeutet, dass er genau dort was sieht. Das Wesen geht nicht mehr fort, es bleibt den ganzen Tag in der Ecke, an der Wand, wo nicht einmal ein Bild hängt, kein Fleck, gar nichts.

Am Abend wünscht sich der Opa noch einmal einen Griesbrei, und während sie den Opa füttert, kommt ganz plötzlich der Tod. Es ist ein Brausen im Zimmer und dem Opa steht der Atem still. Sie will bei dem Opa sein, will ihm die Hand halten, wie sie es ihm versprochen hat, aber sie steht, halb über ihn gebeugt und ist gelähmt. Vom Kopf bis in den Bauch ist alles gefühllos, sie kann sich überhaupt nicht rühren.

"Nimmst du mich gleich mit?", denkt sie und es ist, als ginge der Tod durch sie hindurch.

Und dann ist es vorbei. Der Arzt, der hereinkommt, fühlt den Puls und sagt nur: "Es ist zu Ende, kein Puls mehr, der Opa ist tot."

"Ich habe keine Angst vorm Sterben", sagt sie, "aber der Tod ist doch schrecklich stark."

Puffputzer

Der Puffbesitzer hat Pitt dermaßen verprügelt, dass er in der Ecke zusammengefallen ist. Als Putze im Bordell in der Kaiserstraße, im Hinterhaus, hat er grad mal fünfzehn Mark verdient. Am Tag. Wohnen frei. So viele Pariser hat Pitt noch nie auf einem Haufen gesehn. Aber auch wenn er ein friedlicher Typ ist, kann er sich für die paar Kröten nicht noch schlagen lassen. Der Loddel ist halt ein richtiger Totschläger. Jähzornig, wenn nur 'ne Kleinigkeit schiefläuft. Wenn zum Beispiel die große schwarze Dogge ausreißt, schlägt er seine arme Lilli grün und blau. Pitt hat es nicht mehr ertragen und hat dem Kerl doch nur mal gesagt, dass Lilli keine Schuld hat wegen der Dogge. Pitt kann einfach nicht verstehen, warum der Puffbesitzer diesmal wie wild auf ihn los ist. Das lässt er sich jedenfalls nicht mehr gefallen. Er hat seine Sachen gepackt, auch wenn er nun nicht weiß, wohin.

Das Odium

Diese Jacke ist nämlich ein Odium. Wenn er die zu Hause aus dem Schrank nimmt, dann wissen sie alle: Es geht wieder los. Tag und Nacht. Die Sauftour. Keine Ruhe mehr. Jetzt flippt er wieder völlig aus.

Ist es recht, dass er jetzt diese Jacke mal hier lässt? Er fürchtet, dass man ihn irgendwann wegen der Jacke totschlagen wird.

Wenn die Jacke weg ist, dann hat die Familie auch kein Odium mehr. Außerdem wird irgendwer ihn ja doch einfach eines Tages auf der Straße niederschlagen, wegen der Jacke, weil die nämlich echt ist. Sie ist von einem amerikanischen College-Schüler. Und draußen bist du ja heute gefährdet, wenn Walt Whitman draufsteht, weil sie denken, du bist ein Ami. Wer kennt denn schon noch Walt Whitman, den größten aller Dichter? Der ist wahrscheinlich so um Neunzehnhundert krepiert. Wer kennt heute noch einen Walt Whitman? Außer einem echten Beatnik, wie dem Bob, hat ja heute keiner eine Ahnung von den "sleeves of grass", höchstens noch ein Hippie. Aber echte Hippies findest du kaum. Das Merkmal eines echten Hippie ist, dass er mindestens 5 bis 6 Geschlechts-krankheiten hatte. Die meisten haben doch höchstens eine. Jedenfalls, die Jacke lässt er hier, damit er Ruhe hat, und die Familie hat dann auch nicht mehr ihr Odium. Nisi bene... Wer weiß, wie lange man noch lebt.

Und das Taschentuch bleibt auch hier. Er hat's eben auf der Straße gefunden. Es muss nur mal in heißer Seifenlauge ausgewaschen werden, bevor einer sich damit die Wunden auswäscht. Der könnte sich sonst infizieren. Ein Taschentuch ist sehr wichtig. Genau, wie eine gute Frau, die hat immer einen Kessel Wasser auf dem Focus. Man kann ja nie wissen, ob jemand schwerverletzt nach Hause kommt. Also, er lässt jetzt die Jacke hier, das Odium, und das Taschentuch auch. Und denk dran: Erst noch ein wenig auswaschen, bevor du es einem auf die Wunden legst.

Epilog von J. B.: Jeder steht in seiner Pflicht. Ich liebe das Cerzenlicht. Phantasie hat jene Macht, die menschlich macht, jede Nacht - Nisi bene.

Kirre

Dass er ein gutaussehender Typ ist, das wissen sie alle. Und dass er unbedingt mal wieder ne Frau braucht, das haben die durchschaut. Drum lauern sie ihm auf. Sie lauern überall. Sie wollen ihn kirre machen. Sie machen ihr Spiel mit ihm und er kann sich nicht wehren.

Wie die ihn am Bändel haben... Wie die ihn tanzen lassen... Das ist wirklich unfair.

Süß sind sie schon, naja, und sie wollen alle mal naschen. Wollen den Chico mal kurz ins Nest ziehen. Aber nicht mit ihm! Er hat den Braten gerochen. Die wollen alle bloß was Kleines.

Und wenn er ihn dann reingesteckt hat, dann heißt´s gleich: "Der da war´s, der Chico ist der Papa!" Er hat sie durchschaut. Sie wollen ihn kirre machen, damit er nicht mehr weiß, was er tut. Nein, nein, nein, dass er ihn irgendwo reinsteckt, das kommt nicht in Frage.

Kunstaktionen

Er hat Spielkarten gekauft. Schöne Spielkarten, die gab's billig, da hat er gleich zwanzig Päckchen genommen, weil sie so billig waren. Aber natürlich hat er keine 20 Päckchen brauchen können. Deshalb hat er sie aus dem Fenster geworfen, dahin, wo die Bauarbeiter vorm Haus gearbeitet haben. Er hat gerufen: "Achtung! Eine Kunstaktion!" Und die haben gelacht, die haben sich richtig gefreut.

Ein andermal hat er eine große Cervelatwurst, eine gute Biowurst vom Bauernmarkt, nach unten, zu den Bauarbeitern, befördert. Er hat die Wurst schön sauber eingewickelt in weißes Papier und hat mit Filzstift draufgeschrieben: Dies ist eine gute Biowurst vom Bauernmarkt. Dann hat er eine Kordel drumgewickelt und hat die Wurst vom dritten Stock runtergelassen zu den Bauarbeitern. Das fanden die gut.

Dann hat er sich mal an den Briefkasten gemacht. Erst hat er ihn fein säuberlich geschrubbt, mit Stahlwolle, damit der Rost abgeht, und dann hat er ihn gestrichen. Das Namensschildchen hat er auch raus, das Glas gereinigt und den Namen neu geschrieben, weil der so blass geworden war. Auf der Klappe hat er dann noch ein kleines Stillleben angebracht. Ein paar Kirschen, nichts Besonderes. Aber ganz schön. Aber die Nachbarn haben es abgerissen, natürlich. So was darf nicht sein. Zwei drei Kirschen nur. Darf nicht sein.

Genau wie der Hund. Der Hund muss weg, haben sie gesagt, als er einmal so einen schönen weißen Hund hatte. In der Wohnung darf man keinen Hund halten, haben sie gesagt. Der Hund bellt die ganze Nacht. Dabei hat sein Hund so gut wie nie gebellt, es war ein ganz braver Hund, nichts Besonderes, irgendeine Mischung, auch nicht so groß, und ganz brav. Nein, der Hund muss weg, sonst wird die Wohnung gekündigt.

Dabei haben sie alle so kleine Hunde, solche Pudel und so. Aber nein, er kriegt eine Kündigung ins Haus. Naja, da hat er eben den Hund irgendeiner jungen Frau auf der Straße unten geschenkt. Da war der Hund weg.

Trotzdem gab es keine Ruhe. Immer Beschwerden. Irgendwann hatte er mal für einen Film, den er konzipiert hatte, einen Revolver gekauft, so richtig mit Trommel und so. Und dann hat er ihn mal nachts im Zimmer ausprobiert. Ist gar nichts passiert. Er hat ja nur mal probiert. Aber was für ein Theater. Daraufhin hat er den Revolver wieder in den Original-verpackungskasten zurückgetan, die Quittung dazu, dass er bezahlt ist, und hat den Kasten aus dem Fenster geschmissen. Wieder ein Theater. Er würde Müll aus dem Fenster schmeißen und er würde nie die Treppe putzen, wenn er dran wäre, und all solche Sachen. Was er auch macht, immer nur Beschwerden, und von der Kunst redet keiner.

Die Hälfte des Lebens

Damals, da war er so ungefähr 35, da hat er mal eine ganze Nacht lang darüber nachdenken müssen.

Komisch, hat er gedacht, da richtet man sich ein, da rackert man sich ab, damit man's gut hat, und eh man sich versieht, ist schon die Hälfte rum.

Dann hat er den Gedanken aber wieder von sich fortgeschoben, ja, er hat ihn fast völlig vergessen, bis neulich, als dann der schwere Anfall kam. Da ist er dem Tod grade noch mal von der Schippe gesprungen. Aber seitdem kriegt er den Gedanken überhaupt nicht mehr los.

Mit 70, da muss man eigentlich bereit sein, da muss man auch ans Abtreten denken können. Da hilft es gar nichts, wenn man versucht zu verdrängen. Da ist es einfach soweit und da wird man, und wenn man früher der größte Ketzer war, ganz demütig und man hofft auf einmal, dass es das Paradies doch gibt.

LD 1000

Verdammt, jetzt hat's ihn doch tatsächlich beinahe erwischt. Neulich, in der Nacht hat der Sensemann einen Anschnitt gemacht. Aber zum Glück hat er die Aspos zu Hause gehabt, da hat er ihm grad noch mal ein Schnippchen geschlagen.

Die Herzarterie war's. Zugekalkt. Von was? Mit 100%iger Sicherheit vom Rauchen. Ruck zuck in die Uniklinik. Die Arterie wird mit einem Schirmchen freigesprengt. LD 1000 sagen die Doktoren. Bei jedem 1000sten geht's schief. Aber das macht ihm nichts aus. Schließlich hat er ja auch noch nie im Lotto gewonnen. Danach ist die Arterie wieder 40% freier und wenn er dann nicht mehr raucht, hat er die 80%tige Chance, dass so eine Sache nie wieder passiert, weil's halt 100% vom Rauchen kam.

(LD : Letale Dosis)

Die Jagd

Wenn man auf die Jagd geht, da muss man die richtige Einstellung haben. Zum Beispiel für so eine Nacht im Stadtwald, ganz allein auf dem Hochsitz, im Mondschein, ansitzen auf einen Keiler. Das klingt romantisch, ist es ja auch, aber man muss sich dazu entscheiden, es zu tun.

Da kannst du im Grunde keine Frau mitnehmen, obwohl sie alle davon träumen, mit so einem feschen Jäger nachts unterm weiten Sternenhimmel, ach, wie romantisch. Und was ist? Länger als zwei Stunden hat´s noch keine auf dem Hochsitz ausgehalten. Da drückt das Bläschen, weil´s ja kalt ist, da hat sie Hunger, da hat sie Durst, da fängt sie an zu knistern mit ihrem Fresspaketchen. Das kannst du natürlich im Wald nicht machen, da kommt keine Sau mehr.

Jedenfalls, das sind Erfahrungswerte, spätestens nach zwei Stunden musst du die Frau zum Parkplatz bringen, damit sie heimkommt ins schöne warme Bettchen.

Und dann kommt erst das Eigentliche, das, was die Frauen halt immer versäumen.

Dann geht der Mond auf, so gegen Zehn, und es ist ganz still und in dieser Stille, da fängt die Zeit an zu rasen, da merkst du gar nicht mehr, ob du drei, vier oder sechs Stunden auf dem Hochstand auf die Wildsau ansitzt. Da denkst du über deine Sünden nach und halt über alles Mögliche, zum Beispiel die Frauen. Ach, Gott, was war man oft verliebt und am Ende gab´s immer nur Ärger, Scheidung, Auszug aus der Wohnung, lauter unangenehmes Zeug. Da bist du froh, dass du so ganz allein unterm Himmel sitzt und die Sternschnuppen zählen kannst, und natürlich wünschst du dir auch was, nämlich dass du gesund bleibst und dass du deinen Humor nicht verlierst.

Und so vergehen die Stunden und niemand sitzt neben dir, der meckert, dass er friert, oder dass ihn die Blase drückt. Wenn dich die Blase drückt, da brauchst du keine Umstände zu machen und runter zu klettern vom Hochstand, dem Strahl ist es egal, wie lang er braucht, bis er unten ankommt.

Du kannst dir aussuchen, ob du einen alten Hirsch oder eine kränkelnde Rieke ins Visier nimmst oder dem Bauern seine Wildsau, über die der sich seit drei Wochen rasend ärgert. Und wenn du sie hast, die Wildsau zum Beispiel, da fängt's erst richtig an spannend zu werden – das ist auch so was, was noch nie eine Frau erlebt hat, die unbedingt mal mit ihm ansitzen wollte – weil, dann ist es erst mal gefährlich für den Jäger, das Tier im Dunkel aufzuspüren. Wenn das Tier nämlich vielleicht noch nicht ganz tödlich getroffen ist, dann greift es dich natürlich an, da muss der Revolver bereits im Griff sein, da darf man nicht lange zögern, da heißt's du oder ich und basta. Aber wenn die Sau dann tot ist, dann wird sie aufgebrochen und der Jäger, der setzt sein Horn an und bläst "Sau tot". So ein Horn, wenn das mitten in der Nacht in die totale Stille hineinbläst, das ist markerschütternd, wie ein ungeheurer Donner. Das ist ein Erlebnis. Das erleben wollen sie alle mal, naja und vielleicht auch noch ein bisschen ganz was anderes. Man kennt ja die Phantasien der Frauen. Aber wenn man so eine Nacht wirklich haben will, dann muss man sich ganz dafür entscheiden, sonst hält man es nicht aus.

Arschlöcher

Wenn du draußen so rumläufst und guckst, was die Leute den ganzen Tag machen, und hörst, was die so reden, da hast du glatt das Gefühl, dass du in einer Nation von Debilen und Arschlöchern lebst.

Wenn du denen dann sagst: "Guck doch mal, überleg doch mal, was du den ganzen Tag tust. Ist das Leben?", dann glotzen sie dich blöd an und sagen, "Du sollst mal selbst schnell in die Klapse gehen."

Und wenn du denen dann noch sagst, dass das alles gar nicht stimmt, was die da so reden, dass sie bloß manipuliert sind vom Radio und vom Fernsehen, dann gucken sie noch blöder und sagen: "Was? Das hab ich aber nicht gewusst!"

Meistens gibst du dann auf, gehst heim und setzt dich hin an dein Radio, weil du mal hören willst, was es so Neues gibt.

Nach einer Weile merkst du dann, dass du gar nicht weißt, was die im Radio eigentlich gesagt haben. Du weißt nur, dass der Kerl die ganze Zeit geredet und geredet hat, und du wunderst dich, dass dir im Kopf dauernd diese Worte wie Chaoten, Terroristen, Kommunisten, Stasi-Spitzel und wieder Chaoten, Chaoten, Chaoten herumspuken.

Ja, denkst du, Chaoten: Natürlich, das ist es!

Und du fragst dich gar nicht mehr, warum dir auf der Straße nur noch Arschlöcher begegnen.

Obdachlos

Ich sag´s dir, Micki, du solltest besser aufpassen, dass du bloß nicht deine Wohnung verlierst. In Frankfurt auf der Straße und nicht wissen wohin, das ist harter Tobak.

Wenn du keine Bleibe mehr hast, musst du dich bewegen, den ganzen Tag rumlaufen und gucken, wo du die nächste Nacht verbringen kannst.

Nach Ladenschluss kannst du dich, wenn du Schwein hast, in so eine Eingangsnische vom Karstadt legen. Du zählst die Leute, als ob du Schafe zählst, bis du irgendwann einschläfst. Am Morgen wirst du geweckt von der Müllabfuhr und den Straßenkehrern. Wenn sie dich kennen, weil du schon länger obdachlos bist, dann grüßen sie freundlich und fragen auch mal, wie´s so geht.

Du musst dich sputen und ruck zuck deine Sachen packen, bevor das Wachpersonal auftaucht. Ja und dann halt wieder den ganzen Tag rumlaufen. Auf der Zeil gibt es Bänke, so rund um die Bäume, da bleibt keiner freiwillig lang drauf sitzen und sich drauflegen, geht schon mal gar nicht.

Also weiter durch die Straßen, auch wenn du hundemüde bist und Hunger hast. Hinter der Kleinmarkthalle gibt´s immer was Essbares, auch wenn du keine Kohle hast. Obst halt und Gemüse, das nicht mehr verkauft werden kann.

Wenn du denkst, dass du dich beim Kaufhof oder ´nem anderen Kaufhaus ein bisschen aufwärmen kannst, hast du dich geschnitten. Da gibt es tagsüber extra Aufpasser, um die Penner aus den Warmluftschleusen an den Eingängen rauszujagen.

In der B-Ebene ist langes Rumsitzen eh verboten. Du gehst weiter und weiter, triffst mal ´nen Kumpel, den du von früher kennst, schnorrst ´ne Zigarette oder schwätzt mit den anderen, die auch Platte machen, über einen besseren Platz für die Nacht.

Es ist gefährlich, draußen zu schlafen. Immer wieder werden Leute, die auf 'ner Baustelle oder in dunklen Straßenecken pennen, überfallen und fast totgeprügelt. Besser, du übernachtest nicht alleine da draußen. In einer Gruppe bist du sicherer. Aber du wirst nicht ohne weiteres, einen guten Platz finden. Hauseingänge sind meist verbarrikadiert und überall grelle Lampen. Abbruchhäuser und Neubauten werden regelmäßig von der Polizei kontrolliert. Die Bahnhofshallen und die U-Bahnhöfe sind nachts verschlossen durch Gitter.

Bloß keine Illusionen von wegen Waldromantik! Für den Wald musst du Spezialist sein, grade der Stadtwald, nicht anzuraten! Die Überlebenschancen sind am besten in der Innenstadt.

Du kannst versuchen, hinter 'ner Kirche zu schlafen, da ist es etwas sicherer, aber es ist auch nicht ohne. Du kannst einfach nicht einschlafen. Die Leute aus den Kneipen grölen und diskutieren, und die Fixer schreien rum und lassen dich nicht in Ruhe, weil sie selbst von dir ein paar Groschen abstauben wollen.

Wichtig ist, dass du 'nen Schlüssel hast für'n Dauerschließfach unter der Hauptwache. 90 Mark für 3 Monate. Dort kannst du alles aufbewahren, was du besitzt, sonst kriegst du's geklaut, wenn du wirklich mal tief schläfst. Den Schlüssel immer mit 'ner Kordel um den Hals, wie alle Straßenleute.

Mit der Hygiene musst du's nicht übertreiben, je strenger dein Odeur, umso weniger wird dir einer zu nah aufn Pelz rücken. Schlimm ist halt der Regen, der Auspuffgestank. Und dann die Kälte, du darfst gar nicht an die denken, die letzten Winter draußen erfroren sind.

Du darfst halt nicht aufgeben! Immer dranbleiben! Bilder malen und verscheuern, oder wenn du 'ne Gitarre hast, ein paar Songs vom Elvis klimpern und röhren oder sonst was, da fällt schon mal was ab fürs Nötigste. Denk dran, dass du dir ein paar clevere Stories aus deinem Leben zurechtbastelst und immer das Neueste aus der Szene auf Lager hast, so über Kunst und Literatur. Da kannst du die Typen so lange beschwatzen, bis sie dich einladen zu 'nem Kaffee oder zu Mc Donalds oder Wienerwald.

Wichtig ist: Freundlich sein, bloß nicht jammern und keine Aggression! Also, dann, Micki, ich muss los. Pass auf dich auf Junge! Wir seh'n uns.

Man wird sehn

Die Frauen hat er inzwischen verschreckt. Alle haben sie ihn rausgeschmissen. Die halten das nicht aus, dass er Leere produziert. Er kann den ganzen Abend so einen Terpentinlappen anstarren. Er steht in der Werkstatt und druckt jeden Abend immer denselben Stein, dieselbe Lithografie. Nur die Säure, Farbe, Säure, Farbe, Talkum und Terpentin drauf gekippt. Er könnte auch Farben mit der Spachtel auftragen, aber warum? Oder er könnte ein Brett oder die Fußmatte mit Druckfarbe einwalzen und abdrucken, da wäre noch zu viel künstlerische Entscheidung dabei. Er druckt einfach weiter, solange er Farbe hat. Er druckt die Farbe, die halt so rumsteht. Es braucht keine künstlerische Gestaltung. Man wird sehn, wie es sich entwickelt. Entscheidungen fällt er nicht mehr. Das wäre schon zu viel.

Gedanken zur Gedankenkraft

Das mit der Gedankenkraft, das ist schon eigentlich eher ein Geschenk. Man kann es natürlich auch lernen. Man kann alles lernen. Aber zu welchem Preis!

Wenn Sie Gedanken lesen können, zum Beispiel, wenn Sie das absolut beherrschen, dann brauchen Sie niemanden mehr. Wenn Sie das beherrschen, dann brauchen Sie nicht zu reden. Dann können Sie den ganzen Abend allein in einer Kneipe sitzen und sich dabei köstlich amüsieren. Sie picken sich einfach fünf oder sechs Leute raus und verfolgen deren Gedanken. Da können Sie was erleben, da geht's ab. Das ist besser als Kino.

Sicher, das können Sie lernen. Das ist möglich. Man kann alles lernen. Man kann lernen im Sommer, wie im Winter barfuß zu gehen und wenn man's kann, ist man drüber weg. Solche Sachen wie Kälte, die interessieren einen dann gar nicht mehr. Man kann das lernen. Aber zu welchem Preis. Das kann man gar nicht erzählen. Man kann auch lernen zu töten, mittels Gedankenkraft. Man braucht dazu keine Waffe. Aber was einem das kostet. Das können Sie sich nicht vorstellen, was man da durchmacht, bis man soweit ist.

Dieser Automechaniker zum Beispiel, der den ganzen Winter in einer ungeheizten Werkstatt arbeiten muss, manchmal bei minus fünf Grad, von morgens bis abends Schrauben anziehen und so weiter. Der hat immer gefroren, der arme Kerl, der hat vier Jahre furchtbar gefroren. Aber dann war er drüber weg. Dann konnte er bei minus 20 Grad noch im Hemd rumlaufen.

Der hat's geschafft. Man kann's schaffen. Aber zu welchem Preis! Was man da durchmachen muss, bis man soweit ist. Nagelbretter, glühende Kohlen, Wahrsagen, Schweben. Jeder kann das lernen, wenn er will. Jeder. Aber bis man dahin kommt, muss man durch die Hölle gehen.

Und dann, dann ist man soweit und schon passiert was ganz anderes, was ganz Neues, worauf man noch nicht eingestellt ist, und dann geht wieder alles von vorne los.

Transgression

Er fühlte, wie sich die Frau in ihm immer stärker entfaltete. Woraus mochte dies resultieren? War da ein Zusammenhang mit seinem Grübeln über eine mögliche berufliche Veränderung?

Vielleicht ist es eine Angelegenheit zunehmender Reife, dieses Zulassenkönnen, dieses Akzeptieren und Sicheinlassen auf das Weibliche im Manne.

Es muss durchaus von nicht zu unterschätzender Bedeutung sein, dieses Erfahren von Weiblichkeit und das Annehmen, jener allzu lange misstrauisch beäugten Regung im Mann, das sagte ihm einfach seine Intuition. Intuition, ja, das wäre schon wieder so was, was man (n) eigentlich eher als typisch weiblich zu definieren pflegt.

Christa hatte behauptet, solche Gedankengänge seien Stoff für Männergruppen. Was dabei in ihm, Robert, vorging, das schien sie nicht sonderlich zu interessieren, wo sie doch eigentlich, als Frau...

"Wenn man bedenkt", hatte er zu Christa gesagt, "Dass die Initiationsriten von Schamanen die Transzendierung des Geschlechts sogar vorschreiben." – "Muss doch was dran sein", hatte er gesagt, "so ein Schamane muss da hindurch, durch das Gefühl, vom anderen Geschlecht überwältigt zu werden. Er muss das Gefühl von Bedrohung umwandeln zu einer positiven Identifikation."

"Überlege dir", hatte er anzumerken sich angemaßt, "Selbstverleugnung, als Transgression aller Unterschiede, welch unermessliche Welterfahrung das in sich birgt!"

"Mann und zugleich Weib zu sein", hatte er ausgerufen, "Mittler zwischen dem männlichen Himmel und der weiblichen Erde!" Dies erregte mutmaßlich Christas Missbehagen, denn zu diesem Zeitpunkt fing sie an, in den Krümeln zu suchen. "Warum wohl die Sprache", hielt sie dagegen, "den Himmel zum Mann und die Erde zur Frau gemacht habe...", während er, schwärmerisch in Visionen von der Verschmelzung des Weiblichen mit dem Männlichen, ein Equilibrium zwischen den polaren Kräften des Universum zu finden suchte.

Jedenfalls kann er, von sich sprechend, sagen, dass er sich in Frauen sehr viel besser hineinversetzen kann als früher. Es ist ihm, als werde er von Tag zu Tag androgyner. Das zeigt sich doch schon daran, dass er, wenn seine Frau ihn darum bittet, inzwischen schon ganz selbstverständlich das Geschirrspülen übernimmt.

Der Stricher

In den 60ern war er der begehrteste Stricher von Frankfurt. Er war schlank, blond, ein wirklich hübscher Junge. Innerhalb von vierzehn Tagen hatte er sein erstes eigenes Auto, eine Dauphine. Die hat ihm ein schwerreicher Kunde geschenkt. Der war ja so verliebt in ihn.

Ein paar Wochen vorher, beim Trampen, auf der Strecke Frankfurt-Lyon, hatte ihn so ein unheimlich hübscher Junge in seiner süßen kleinen grünen Dauphine mitgenommen. Das war der Ober-Sado-Maso-Stricher von Paris, und sie waren sofort so richtig ineinander verknallt. Er hat ihn in kürzester Zeit in alle Techniken eingeführt. In Frankfurt war er dann natürlich gleich an der Spitze. Die Dauphine, die er geschenkt gekriegt hat, war aber nicht grün, die war schwarz und ist dann auch ganz bald auf der Autobahn ausgebrannt.

Karo-Abend

Die nehmen den Karo-Abend ja doch nur als Alibi, damit sie wenigstens einmal in der Woche von ihrer Frau wegkommen. Das sind ja alles Eheknechte, die brauchen eine Entschuldigung dafür, dass sie einmal in der Woche die Frau nicht sehen wollen.

Das wär' noch das erste Mal, dass er sich entschuldigen würde. Er geht fort, wenn's ihm passt und wenn's auch zweimal die Woche ist. Hier geht es einfach ums Prinzip. Nicht um die Mark. Er braucht die Kartenspieler nicht, um von daheim mal wegzukommen.

Notwehr

Da könnt ja jeder kommen und dir einfach deinen BMW abnehmen, und du stehst nebendran und guckst zu.

Als Normalbürger, natürlich, musst du dir das gefallen lassen, genauso, wie du dir gefallen lassen musst, dass sie dir auf der Straße einfach das Portemonnaie abnehmen oder als Frau, da musst du dich halt vergewaltigen lassen. Basta!

Aber wenn du einen Waffenschein hast, brauchst du das nicht mitmachen, dann tritt das Recht auf Notwehr in Kraft. Wenn da zum Beispiel zwei Kerle kommen, und die wollen an dein Auto und der eine hat eventuell noch eine Dachlatte in der Hand, dann hast du das Recht, dich zu wehren und zwar auch mit dem Gewehr. Da wird dir jeder Richter rechtgeben. Anders sieht's allerdings aus, wenn der Täter nur so eine halbe Portion ist und du selbst bist ein Kerl, wie ein Bär. Da ist nix mit Gewehr, da kannst du nur so versuchen, den Täter dingfest zu machen und ihn zu halten, bis die Polizei kommt, die du dann allerdings auch noch selbst rufen musst.

Ganz anders sieht es aber aus, wenn du im Wald einen erwischst, der wildert. So einer von denen, die in deinem Revier einen kapitalen Hirsch von so zwei Zentnern abknallen und den dann an ein Restaurant für klingende Münze abgeben, wo natürlich kein Aas danach fragt, wo der den Hirsch herhat.

Wenn du also so einen vor dir hast und du stehst auf der Lichtung neben dem toten Hirsch und rufst: "Halt, Hände hoch!" Aber der Kerl mit der Flinte reagiert nicht und rennt in Richtung Gebüsch, dann tritt der Palliativnotwehrparagraph in Kraft.

Da brauchst du nicht abzuwarten bis der Kerl im Gebüsch sitzt und dich abknallt, da kannst du dem Kerl sogar auf der Flucht in den Rücken schießen. Da bist du im Recht, weil du auf der

Lichtung ja quasi auf dem Präsentierteller stehst.

Eine Grundregel für den Fall einer solchen echten Notwehr-situation sollte ein Waffenbesitzer beachten: Wenn du schießen musst, dann darfst du keine großen Spirenzchen machen, von wegen auf den Fuß zielen, oder auf den Finger. Das sagen dir alle, das basiert auf Erfahrungswerten, am allerbesten du triffst voll ins Herz, da kann der andere keine Dummheiten mehr machen und kann auch bei einem eventu-ellen Prozess kein dummes Zeug mehr erzählen.

Wieder anders ist das aber bei einem Hund, der dich anfällt, da gilt natürlich auch der Notwehrparagraph, aber da ist es doch besser, du lässt dich erst mal beißen, bevor du schießt.

Naja, und vielleicht gibt es ja auch noch ein anderes Mittel, als so ein Tier gleich totzuschießen.

Wenn der Vadder kommt

Er holt hier nämlich sein Smokinghemd ab.

Das braucht er am Sonntag. Da kommt der Vadder mit dem Flugzeug. Aus Amerika. Der will mal nach den Kindern gucken. Da muss man schon ein bisschen fein sein. Das Smokinghemd hat er extra zweimal reinigen lassen, damit's auch wirklich schön weiß aussieht, dazu zieht er die hellbraune Hose an, weil's Sommer ist. Wenn's natürlich regnet, wenn der Vadder ankommt, braucht er die Helle gar nicht, da zieht er halt doch wieder die alte Dunkelbraune an, die er jetzt anhat.

Zur Hellbraunen, da hätte er halt auch ein feines Jackett, so in der Farbe, wie hier das Zettelchen von der Reinigung.

Ja, wenn der Papa kommt, muss man sich ein bisschen in Schale werfen, sonst ist er traurig, weil aus den Kindern nix Gescheites geworden ist.

Die beiden Schwestern aus Bad Nauheim und aus Frankfurt kommen auch mal wieder, bei der Gelegenheit.

Für die hat er schon zwei schöne Blumensträuße vorbereitet.

Ja, der Vadder, der kommt aus dem Flugzeug, und hat so fünf oder sechs Kameras umhängen, mit vorne so lange Dinger dran. Jaja, mit seinen Ananas-Plantagen ist er finanziell ja auch fein raus. Recht hat er, dass er nicht den Bescheidenen macht.

Mittags gehen sie dann alle zusammen mit dem Vadder in Bad Nauheim essen. Wie die Jünger Christi sitzen sie dann am Tisch, die ganze Verwandtschaft.

Nur seine Resi, die kann er da nicht mitnehmen. Die kann er nicht vorzeigen beim Vadder.

Da ist halt leider mal 'ne Weile Schluss mit der Resi. Naja, mit Sex war da ja sowieso von Anfang an nix. Aber sie sind zusammen ausgegangen. Sie haben sich immer gut ver-standen, ja, die Resi, die ist ja auch wirklich eine gutmütige

Person.

Jetzt ist halt erst mal Schluss mit der Resi, wegen dem Vadder und der Verwandtschaft und so. Aber bei der Verwandtschaft, da kann er sie einfach nicht mitnehmen. Weil sie hat einen schweren Fehler, sie ist zu offen, die Resi, sie sagte ganz gradheraus, was sie so denkt.

Aber das geht doch da nicht. Man muss auch mal mit seinen Gedanken haushalten können.

Der Vadder muss auch schließlich nicht alles wissen. Der hat keine Sorgen mit seinen 73 und macht sich's schön mit seinen Frauen. Recht hat er ja.

Aber diesmal hat sich Ed gedacht, diesmal schreibt er dem Vadder doch mal seine Kontonummer auf. Er hat nie was gesagt zu ihm. Aber diesmal wird er beim Wiedersehensagen dieses Zettelchen in die Hand nehmen. Und er wird sich darüber keine Gedanken mehr machen.

Jetzt, wo der Vadder tot ist

Jetzt, wo der Vadder tot ist, geht´s ans Erben. Ach, was ein Krach!

Die beiden Schwestern haben sich schon in die Haare gekriegt.

Aber er will doch keinen Krach wegen dem blöden Geld.

Im Prinzip braucht er keins! Er kommt auch so zurecht.

Er hat einem Äppelwein-Wirt einen alten VW-Bus für ´nen Appel und ´en Ei abgeluchst, den baut er aus zum Wohnen, da braucht er nicht mal Miete zu zahlen.

Ab und zu liefert er mit dem Bus ein paar Weinkartons aus in die Hochhäuser, damit die Leute nicht so weit laufen müssen.

Da ist er selbstständig, da kommt er schon zurecht.

Da braucht er keine Millionen von den Ananas-Plantagen vom Vadder.

Er war ja sowieso zu dumm für die Plantagen.

Er hat immer gedacht, dass die Ananas auf den Bäumen wachsen, dabei wachsen die auf dem Acker, wie die Runkelrüben.

Geld oder Leben

Also, wenn se einem schon überfallen, dann sollen se doch gefälligst auch gucken, wen se da vor sich haben.

Wenn da so einer zum Beispiel 'ne luxuriöse Yacht hat und in der Kneipe mit so 'm dicken Portemonnaie nur so rumprotzt mit dem Kies, da kann's ihm schon passieren, dass sie's ihm draußen abnehmen. Aber dem macht das nix aus. Der geht auf die Bank und holt sich einfach wieder was von seinem fetten Konto.

Aber wenn se zu einem, wie mir kommen, is das anders, weil, ich hab immer alles dabei, was ich hab.

Und wenn se mir die Patte abnehmen wollen und sagen: "Geld oder Leben!", sag ich "Leben!", weil ich nämlich dann sowieso nix mehr zum Leben hab.

Ich kann eben nicht, wie die anderen, auf die Bank gehen und was holen, weil, wenn ich auf die Bank gehe, werd ich sowieso gleich verhaftet.

Wieder nix

"Wieder nix!" brummt Klaus-Jürgen, schnappt seine schwarze Ledernoppenaktentasche und verlässt die Kaffeestube, ohne sich zu verabschieden.

Dabei würde er sich werweißwie krummlegen, wenn er einer dieser bezaubernden Damen, die in den Caféhäusern herumsitzen, einen Gefallen tun könnte. Wenn ihm eine von denen so butterweich die Hand drückt und sagt: "Tag, Kläuschen!", bricht ihm der Schweiß aus, und wenn sie dann auch noch ein Lächeln...

Klaus-Jürgen macht den Frauen so seine Geschenke. Er schenkt Aprikosen, Pflaumen und Bananen.

Wie die diese Früchte essen! Klaus-Jürgen beobachtet das genau. Mit Äpfeln haben's die meisten nicht so, die zerteilen sie erst, bevor sie reinbeißen. Komisch.

Was er schon so an Früchten verschenkt hat!

Aber die meisten Frauen merken nix. Die tun so, als wär's selbstverständlich, dass einer jeden Tag ein frisches Hemd anzieht, jeden Tag um die gleiche Zeit ins gleiche Café kommt, jeden Tag ein rundes Früchtchen auf den Tisch legt, jeden Tag fragt, ob's auch bestimmt nix Neues gibt, sich immer Sorgen macht, wenn Erika, Michaela, Antonia oder Marita mal nicht da waren.

Sie tun so, als wär nix.

Sie fressen seine Früchte, während sie 'nem andern Kerl himmelblaue Blicke zuwerfen.

Wie ein getretener Hund zieht er dann sein Genick ein, schnappt seine schwarze Ledernoppentasche und verlässt das Café, ohne sich zu verabschieden.

Na, denen werd' ich's zeigen, schwört sich Klaus-Jürgen in seinem ersten Zorn und wünscht sich, er könnte 'ne Wasserstoffbombe direkt in dem Kasten für die "Wiener Mischung" deponieren, könnte dann seelenruhig seinen Kaffee trinken, bis es losgeht, und würde dann mit all den zauberhaften Frauen zusammenschmelzen.

Aber es fehlen ihm noch ein paar Teile.

Die Literatur hat sich Klaus-Jürgen schon beschafft. Die Formeln kennt er auswendig, aber er braucht da noch was, und das kriegt er nicht unbedingt überall, und vor allem nicht ohne Kohle. Der Typ, der's ihm beschaffen könnte, ist seit Monaten auf See.

Naja, hat ja auch noch ein bisschen Zeit. Außerdem wird das Leben in der Stadt auch für die andern immer härter, da hat vielleicht ja auch mal einer die Schnauze voll und parkt seine Karre mit 'ner Autobombe ausgerechnet vor dem Straßencafé, wo Klaus-Jürgen mit ein paar zauberhaften Geschöpfen in der Nachmittagssonne sitzt und zuschaut, wie die seine Aprikosen essen.

Klaus-Jürgen trottet zur U-Bahn. Irgendwie müsste es doch gelingen, dass eine von denen mal was merkt...

Schließlich geht er ja auch ein ganz schönes Risiko ein, wenn er neuerdings die kleinen süßen Schoko-Herzen und -Täfelchen, aus den Regalen, direkt umverteilt in die butterzarten Händchen seiner Angebeteten.

Klaus-Jürgen kann das nicht begreifen. Er kann jedes Zeichen lesen, das eine Frau ihm gibt. Aber die meisten nutzen ihn dann doch nur aus. Besäuseln ihn, nach Haus zu kommen, und dort muss er dann ein Wasserrohr austauschen oder 'ne Wand zuspachteln. Wenn er dann sagt, dass er an 'ner materiellen Entlohnung nicht interessiert ist, und mit zauberischer Geste ein Mozartkügelchen aus seiner Hosentasche hervorschafft, dann setzen sie ihm mit kühlem Lächeln 'nen lauwarmen Kaffee vor und meinen, sie hätten gleich noch was Dringendes außer Haus zu erledigen.

Immer wieder ist er auf die Frauen reingefallen. Sie tun ganz plötzlich so, als hätt's heute wirklich gefunkt, als hätten die Pflaumen, Aprikosen, Bananen, Mozartkugeln sich zu einer lesbaren Botschaft zusammengefügt, und dann gibt's nur lauwarmen Kaffee nach der Arbeit.

Dabei beherrscht Klaus-Jürgen so allerlei Künste, nach denen sich die Damen in heißesten Träumen sehnen. Aber sie lassen ihn ja nicht mal 'nen Anfang machen.

Klaus-Jürgen will ihnen doch gar nix tun. Da ist er nicht so wie die andern Kerle, die immer nur das Eine wollen. Er würde einfach ein bisschen zaubern, das mögen die Frauen. Er hat sich das genauestens ausgedacht. Er würde ganz langsam machen, nicht wie diese Kerle, die völlig ohne Gefühl für weibliche Erregung, ihre Nummer abziehen. Sie würden dem Zauber der Situation völlig erliegen.

Wenn die Frauen erst mal seinen Trick mit der Mozartkugel kennen würden...

"Zeigen Sie mir endlich Ihren Fahrschein!", raunzt ihn die Kontrolleurin in der U-Bahn an. "Oh, verdammt", das hatte er ja völlig verschwitzt...

"Na, wird's bald!", kläfft die Alte weiter. "Faule Ausreden, das kennen wir. Geben Sie mir mal Ihre Adresse."

Klaus-Jürgen schiebt sich schnell ein Mozartkügelchen zwischen die Zähne und fühlt den zarten zuckrigen Schmelz zwischen Zunge und Gaumen zergehen. "Eine Dame", denkt er sich, "sie will meine Adresse haben!"

Pendeln

Pendeln ist gut. Ich könnt's Ihnen in zwei Tagen beibringen. Da gibt es so ein Buch, ganz hervorragend! Man kann es leicht lernen und dann kann man alles auspendeln. Kräuter, die Wohnung, das Essen. Ja, Sie können dann durch den Supermarkt gehen und auspendeln, was Ihnen gut bekommt. Kein Problem! Sie können auspendeln, ob und wann Sie zum Zahnarzt müssen, ob Sie den richtigen Partner haben, halt alles so Sachen. Natürlich können Sie auch die Zukunft auspendeln, aber da wird's problematisch. Das ist ein Spiel mit den Illusionen und da schießt das Pendel quer, weil das Pendel will, dass man sich stärkt. Es sagt, dass man im Lotto gewinnt, aber dann gewinnt man gar nicht.

Das ist es aber genau, was das Pendel will, man soll sich nämlich daran stärken, dass man Illusionen hat, auch wenn sie gar nicht eingelöst werden. Das Pendel sagt, man macht eine Erbschaft und dann macht man gar keine Erbschaft. Das Pendel lügt also. Aber es schafft Illusionen.

Schließlich ist es ja auch gar nicht nötig, dass alles sich erfüllt. So ist eben das Leben, was uns stärkt, ist die Kraft der Illusionen.

Novalgin

Die Mutter kauft Wellensittiche, jedes Mal zwei Männchen und sperrt die zusammen in einen Käfig. Und regelmäßig geht es dann los, da hackt der eine auf den anderen ein, weil jeder natürlich sein Revier für sich alleine haben will.

Nach einiger Zeit wird der Schwächere krank und stirbt und dann kauft die Mutter einen Neuen, damit der andere nicht so alleine ist in seinem Käfig. Und gleich geht die Hackerei wieder los. Der eine hackt auf den anderen ein. Verletzt den armen Kerl am Kopf, direkt neben dem Schnabel. Der kriegt eine Infektion. Fieber. Du siehst, wie das Herz schlägt. Bumm. Bumm. Bumm. Das kleine Brüstchen hebt und senkt sich heftig. Er kriegt keine Luft mehr. Fällt von der Stange. "Der muss raus aus dem Käfig", sag ich.

"Nein", sagt die Mutter, "lass ihn doch. Wo wollen wir denn hin mit ihm? Wir kaufen lieber wieder einen Neuen, der stirbt sowieso."

"Er muss raus", sag ich. Gucke im Keller. Finde einen alten Käfig. Für Mäuse. Macht aber nix. Der wird in der Badewanne mit heißem Wasser ausgeschrubbt, richtig fest, damit der ganze Dreck raus ist.

Dann gibt's frischen Streusand und eine Bambusstange, dass der Vogel auch hüpfen kann. Der Vogel kommt rein und kriegt ein kleines Plastikbecherchen mit Vittel-Wasser, kein Leitungswasser, wegen dem Chlor und der Schwermetalle. Zu futtern gibt's kleingehackte frische Ananas, Feigen, Mandeln, Walnüsse, Körner. Man muss halt ausprobieren, was der arme Kerl so mag.

"Der Vogel hat Fieber, eine Infektion, das Herz pocht wie verrückt, Kreislaufstörungen", sag ich dem Mann in der Tierhandlung. Der will mir Vitamine verkaufen. Also in die

Apotheke. Novalgin, gegen Fieber und Infekte und so weiter. Das wirkt bei Menschen, warum also nicht auch bei einem Wellensittich. Natürlich verdünnt, eins zu sechs, mit Vittel-Wasser. Das wird in eine saubere Spritze aufgezogen (die Mutter hat Spritzen, sie hat Diabetes) und der Vogel kriegt's in den Schnabel gespritzt. Ein bisschen läuft raus an der Seite. Aber es reicht. Der Vogel wird schon bald ruhiger. Dann muss man warten, beobachten. Einen Tag. Und dann hüpft er schon wieder. Er flattert und badet. Er ist schon fast wieder gesund. Auf einmal fangen die Beiden an zu zwitschern, unterhalten sich, von Käfig zu Käfig. Jetzt hat jeder sein eigenes Revier, richtig fröhlich pfeifen und quatschen die so rum.

Aber die Mutter schüttelt den Kopf, wegen dem Mäusekäfig, dem Novalgin und überhaupt. Man hätte doch einfach einen neuen Vogel kaufen können.

Mord

Nein, er war´s nicht.

Es war die Mutter. Die Mutter hat wiedermal damit angefangen. Sie hat die Bratpfanne genommen und hat sie ihm auf
den Kopf geschlagen, und dann hat sie ihm Flaschen hinterher
geworfen. Sie hat so getobt, dass er sich hinter der Tür
verstecken musste, bis es wieder still wurde. Aber als er
hervorkam, war es wieder sie, die schrie: "Weg mit dir. Weg mit
dem Dreck. Weg mit der Kunst. Weg mit dem Müll."

Da hat er seinen Säbel geholt, ein schöner vergoldeter
Theatersäbel. Da hat er den Säbel aus der Scheide gezogen,
um die Mutter ein bisschen zu jagen, und hat damit in der Luft
herumgefuchtelt. Da wird sie ihn sicher in Ruhe lassen, hat er
gedacht, wenn sie sieht, wie er mit dem Säbel umgehen kann.

Aber was hat sie getan, sie hat wieder geschrien: "Hilfe, der will
mich ermorden, der ist verrückt."

Und weil sie nicht aufgehört hat zu schreien, hat er eben
seinen Säbel wieder eingepackt. Er hat ihr zugeredet: "Du, Alte,
hör auf, ich tu dir nix, lass mich doch nur meine Kunst machen,
es ist doch das Letzte, was ich noch hab. Lass mich doch in
Ruh, ich tu dir doch nix, du musst mich nur in Ruhe lassen, in
Ruhe lassen, in Ruhe lassen."

Doch die Mutter hat das Schreien nicht seinlassen. Geschrien
hat sie und hat alles gepackt, was sie nur greifen konnte, und
hat es auf ihn zu geschleudert. Ach, wie unsinnig. Alles wieder
kaputt, die ganze Wohnung verdreckt, alles voller Scherben.
Aber sie hat nicht aufgehört. Sie hat weiter geschrien: "Mach,
dass du fortkommst. Raus mit dir. Raus mit dem Dreck. Raus
mit der Kunst." Gleich würden die Nachbarn kommen oder die
Polizei.

Da hat er sie gepackt und weggestoßen, rein in ihr Zimmer. Da ist sie in die Ecke gefallen und hat angefangen zu bluten und dann ging´s wieder los mit dem Geschrei.

Nein, es wurde niemand getötet. Aber es ist ein Mord geschehen.

Der Handwäscher

Das ist nämlich so ein Problem mit seiner Mutter.

Er will ihr ja nur helfen, aber sie wird gleich aggressiv.

Dabei hat er sie nur mal wieder nach den Kontoauszügen gefragt, weil er was Gutes einkaufen wollte, nicht immer nur Dosen und so ´n Mist. Aber da gab´s gleich wieder Krach.

Er wollte ja nur auch mal ein bisschen was tun. Aber gleich hat die Mutter wieder gesagt; "Leg´ dich doch ins Bett, du bist doch krank."

Er ist aber nicht krank. Er wollte nur mal ein bisschen was verändern in der Wohnung und so. Aber das will sie nicht.

Da hat er halt wieder den Whisky rausgeholt und Bier und Schnaps. Na, und dann hat sie sich auch wieder beschwert, weil er getrunken hat.

Dabei hat er die ganzen Tage viel gearbeitet in der Wohnung.

Er hat gekocht. Chinesisch. Die Mutter hat gesagt, sie hat keinen Hunger. Vielleicht hat´s ihr auch nicht geschmeckt. Jedenfalls hat er die Hälfte wegwerfen müssen.

Er hat seine Wäsche gewaschen. Alles mit der Hand. Die Hemden, die Socken, den Pyjama, die Unterhosen. Alles mit der Hand. Nur so viel, dass er´s über der Badewanne zum Trocknen aufhängen könnte, damit nicht der Fußboden nass wird.

Er hat auch eingekauft. Die Sonderangebote bei Eduscho und beim HL-Markt. Gute Ware. Unglaublich billig. Edelstahltöpfe zum Beispiel. Billig! Weil jetzt Abrüstung ist und Kanonen nicht mehr gebraucht werden. So gibt´s überall wunderschöne billige Töpfe.

War der Mutter aber nicht recht. Sie hat die Töpfe mit Kartons in den Wandschrank gestopft, da wo der Staubsauger steht. Sie zieht einfach nicht mit.

Er hat so viele Ideen, aber sie sagt nur immer: "Ach, nein. Lass doch!"

Er wollte zum Beispiel eine von den drei Sitzgarnituren aus ihrem Wohnzimmer raus schaffen. Man erstickt ja da drin. Man kann sich gar nicht bewegen. Aber sie sagt: "Nein, nicht jetzt."

Auch die Kartons mit den alten Kleidern wollte er zur Altkleidersammlung geben. Aber die Mutter sagte: "Nein, warte mal. Vielleicht kann man sie noch brauchen."

Die alte Schlafcouch, auf der die Mutter seit vierzig Jahren schläft, wollte er auch raus und der Mutter ein schönes neues Bett kaufen, mit einem guten Lattenrost für den Rücken und auch mal eine neue Lampe.

Aber die Mutter will einfach nicht mitziehen. Immer, wenn er davon anfängt, wird sie wütend.

Er redet ruhig auf sie ein. Sie wird aggressiver. Er bleibt ruhig. Er trinkt ein paar Bier, Whisky und so und dann geht's wieder los. Er fragt. Sie schreit ihn an. Er versucht, sie zu überzeugen. Sie schimpft. Da wird er dann sauer. Benennt sie mit Worten, die er lieber nicht wiederholen will. Sie schreit: "Geh doch weg. Zu deinen Freunden." Er droht. Wenn sie nicht bald still ist, schmeißt er die Möbel aus dem Fenster.

Sie schnappt einen Hammer und geht auf ihn zu. Er sagt schlimme Dinge. Er weiß auch nicht warum, er meint es gar nicht so, aber er sagt sehr schlimme Dinge. Er holt seinen Säbel und sagt: "Tu den Hammer weg." Er zieht den Säbel, aber er tut ihr nix. Er droht nur. Aber er sagt schlimme Sache, die er jetzt gar nicht mehr aussprechen kann.

Er schämt sich, dass er sich nicht beherrscht hat, dass er zu seiner Mutter so schlimme Sachen gesagt hat. Es ist ihm so peinlich. Er würde ihr nie was tun. Warum ist sie nur immer so aggressiv zu ihm? Warum spricht sie nicht mal normal mit ihm?

Nichts lässt sie ihn machen. Wenn er tagelang im Bett liegt und hört Radio, kommt sie auch wieder rein und sagt: "Los jetzt, du musst aufstehen. Ist nicht gut, wenn du immer nur rumliegst. Geh doch ein bisschen fort. Zu deinen Freunden."

Dann geht er raus. Wohin? In die Kneipe. Eine Kneipe, noch eine, noch eine und so weiter. Was er da für ein Geld ausgibt. Damit hätte er so schöne Sachen für die Wohnung kaufen können, wenn sie's ihm früher gegeben hätte, als die Läden noch geöffnet hatten. Aber dann wird alles in Alkohol umgesetzt, und wenn er dann heimkommt, dann heult sie und schimpft wieder.

Dann soll er sich zu ihr setzen. Mit ihr Fernsehen angucken. Farbfernseher von Grundig. Rote Erde. Nachkriegszeit. 1945 im Ruhrgebiet. Er will mit der Mutter diskutieren über den Film, über die Zeit. Gleich wird sie wieder wütend. Verbietet ihm, drüber zu sprechen. Das ist einfach so ein Problem.

Dann die Nachbarn. Die kriegen die Schimpferei mit. Die schimpfen auf der Straße. Rufen: "Ausländerpack. Macht, dass ihr rauskommt. Springt endlich aus dem Fenster." Die holen die Polizei. Die kommt: "Ausweiskontrolle". Die sehen ihn. Frisch gebadet im gebügelten Pyjama. Im aufgeräumten Zimmer. Kein Staub. Kein Müll. Alles in Ordnung. Freundlich, zuvorkommend. Sie gehen wieder.

Wenn das nur nicht so ein Problem wäre mit der Mutter. Er würde alles so schön machen. Aber sie zieht nicht mit.

Das siebte Buch Moses

Da, wo er herkommt, aus dem Bayrischen, im Gebirge, da hatten manche das siebte Buch Moses. Aber es wurde nie viel drüber geredet.

Einmal ist ein Bauer aus dem Dorf mit einer Fuhre Mist aufs Feld gefahren, mit den Pferden, und da ist ihm etwas Seltsames passiert.

Da ist so ein Wesen um ihn herumgesprungen. Es war kein Hase, kein Fuchs und kein Hund, aber es hat ihn nicht seinen Mist abladen lassen, obwohl er es immer wieder versucht hat.

Das Wesen ist so um ihn herumgetanzt und um die Pferde, dass er nicht eine Gabel voll abladen konnte. So ist er dann wieder heimgefahren mit dem vollen Wagen. Und dann, zu Hause, war es vorbei, einfach vorbei. Und er konnte es nicht erklären. Die Leute im Dorf haben ihn natürlich für irre gehalten.

Aber er hatte so eine Ahnung. Da gab es eine Frau, die diesen Bauern nicht leiden konnte. Es war bekannt, dass sie das siebte Buch Moses hatte.

Da kommt man nie dahinter, wie das alles so zusammenhängt.

Das Wuzzchen

Es ist schon 10 bis 12 Jahre her, da hab ich im Schlachthof gearbeitet. Sonntags beim Vieh-Antrieb. Da sind dann die Waggons angekommen mit den Wuzzen drin. Draußen war's Winter, richtig eisigkalt, und in den Waggons haben die Schweine ganz dicht neben- und übereinander gelegen, da war's natürlich wunderbar warm. Da wollten die natürlich gar nicht raus.

Ich bin dann rein bis in die hinterste Ecke und hab 'ner Sau mit so einem Ding, wie eine große Taschenlampe, mit vorn so zwei Drähten dran, einen elektrischen Schlag verpasst. Ja, das hab ich gemacht - aber nicht lang, das sag ich euch.

Dann hat das hintere Säuchen vor Schreck die anderen nach vorne raus gedrängt. Die sind dann so einen Eisenrost herunter gerollt und wir haben sie vereinzelt und gestempelt.

Einmal hat so ein Wuzzchen sich anscheinend das Füßchen verletzt. Es hat so ganz elend dagelegen. Ihr wisst ja, dass die Schweine weinen können, wie die Menschen. Also, es hat so dagelegen und hat mich flehend angeschaut, mit Tränen in den Augen. Ich hab einen Eimer Wasser geholt und hab ihm ein bisschen den Nacken feucht gemacht und gerieben und hab es getröstet. Da ist doch so ein Verkäufer gekommen, so ein Idiot, und hat der armen Sau einen richtigen Tritt gegeben, dass die schreit. Da bin ich aber an ihn. "Du Lump, du Hund, ich schlag dich tot, wenn du das Wuzzchen nicht in Ruhe lässt." Na, der ist gelaufen. Und das Wuzzchen hat es genau gemerkt. Es hat mich ganz lieb angeguckt und ist dann den ganzen Tag hinter mir her und hat an meinem Kittel geknabbert.

Mach dich nicht unglücklich

"Äi! du, hei, jajaja du! Samma biste doof oder hörste schlecht? Du! Samma du, das ist da mal meine Straßenseite! Du, äääi, merkst du's noch immer nich? Wenn man da geht, muss man was zahlen, oder rübergehn. Du! Äiii!

OOOu Mann, lass bloß das Gerät stecken! 's war doch nur Spaß, 's war doch nicht so gemeint. Uuui, steck das Ding bloß wieder ein! Wir sind doch Freunde, manno. Es war doch nur so ein Spiel, Mann. Mach keine Dummheiten, Mann. Mach dich nicht unglücklich! Du kommst aus'm Knast nie mehr raus, wenn du mich niedermähst. Jajaja, du kriegst meine Einnahmen, hier, sogar ne ganze Handtasche voll Geld, voll die ganze Rente von so 'ner Omma. Waaas? Mehr gibt's nicht, mehr is nicht gewesen, sei doch vernünftig! Ich leck dir auch dein Trottoir sauber, jeden Morgen, und fresse auch die Hundekacke, aber lass mich am Leben!"

Delirium

Zu seinen blonden Locken trägt er jetzt eine schwarze Seidenjacke, bestickt mit einem roten Vogel, eine enganliegende Lederhose und schwere, silberglänzende, grobe Ketten um den Hals und Hüften.

Er ist clean, jetzt seit einem Jahr, einen Rückfall kann er sich nicht mehr leisten. Er weiß, dass er beim dritten Delirium ins Koma fällt und vielleicht gar nicht mehr aufwacht. Oder es gehen so viele Gehirnzellen drauf, dass er blöde ist und nicht mal mehr weiß, ob´s Sommer oder Winter ist.

An Sylvester war es nah dran, dass er doch wieder einen abgeschluckt hätte. Seine Schwester hat sich zwei Flaschen Sekt in den Hals gekippt und hat angefangen, so voll breit ihren Typ anzumachen. Von wegen, erst einen Hund für 800 Mark und dann noch in Urlaub fahren... und später hat sie sich im Bad die Pulsadern aufgeschnitten und ist in der Wohnung herum gehüpft, wie ein blutendes Karnickel, sodass der Typ sie ins Krankenhaus bringen musste.

Das muss man sich ansehen, ohne selbst auszurasten. Er gibt sich Mühe, cool zu bleiben, aber er sitzt da und zittert. Er trinkt eine Cola nach der andren und sieht so ganz zufällig ´ne Flasche Bacardi und im Kühlschrank noch einen Campari. Da wird er nervös, da weiß er, dass er´s jetzt einfach nicht mehr schafft. Aber er kriegt´s hin und telefoniert mit seinem Freund und sagt ihm, dass er´s nicht länger als ´ne halbe Stunde aushält. Und weil der ein echter Freund ist, kommt der auch mitten in der Nacht. Der hat seine Freundin aufgeweckt und ist in ´ner Viertelstunde mit ihrem Auto zu ihm runtergebraust und da hat er´s dann grade doch wieder geschafft.

Einbrecher

Neulich hab ich im Kleingarten einen Einbrecher gestellt. Ich hab ihm die Pistole an die Schläfe gehalten und hab gesagt: "Du wartest jetzt, bis die Polizei kommt!" Der Typ hat mir den Vogel gezeigt und ist fortgerannt. Der hat gleich gemerkt, dass ich niemals schießen würde.

Die Polizei hat ihn aber dann doch gestellt. Da hat er doch tatsächlich auf mich gedeutet und hat gesagt: "Der da, der hat mich mit der Pistole bedroht." Da haben ihm die Bullen die Fresse poliert. "Damit du dir merkst, dass du sowas nicht nochmal sagst, sowas haben wir nicht so gerne." Und bei mir haben die sich noch für diesen Vorfall entschuldigt.

Leer

Manchmal sitzt er in seinem Zimmer vorm Zeichentisch, zwei Wochen, drei Wochen und der Kopf ist total leer. Er kann nichts aufs Papier bringen, das Gehirn ist total ausgequetscht, da läuft nichts, absolut nichts, kein Strich. Und dann kommt abends so ein Freund zu ihm und sagt: "Komm mit ins Kino. Es gibt einen heißen Fantasy-Film. Kein Bock, allein hinzugeh'n. Komm mit, ich geb dir Geld, wenn du grad keine Knete hast."
Und klar, da jumpt er gleich los mit ihm ins Kino. Aber dann passiert es halt, wenn er vielleicht grad mal zehn Minuten den Film angeguckt hat und dann hat's ihn gerissen. Whow, ganz plötzlich brennt's und kribbelt's ihm in den Fingern und er hat Bilder, unsagbar viele Bilder im Kopf. Da kann er nicht anders, er muss einfach sofort die Bilder zeichnen, sonst wird er verrückt. Also springt er gleich auf, sagt tschö zu seinem Freund und nix wie hin zum Zeichentisch. Und bis der Freund aus dem Kino kommt, hat er schon zwei geile Bilder gemalt.
Der schüttelt nur mit dem Kopf. "Das hättest du doch auch nachher machen können." Aber das geht nicht, er hätte nicht warten können, auf gar keinen Fall, die Bilder die mussten aufs Papier. Da kann man nicht warten, das muss man versteh'n.

Hobby

Er sieht sich einmal in der Woche im Fernsehen die Sendung Hobbythek an und ist immer auf dem neuesten Stand. Es begann damit, dass man seine Wurst viel besser und schmackhafter selbst machen kann. Eine Wurstmaschine (4000,-) steht nun neben dem Kamin mit dem künstlichen Feuer und eine Kuttermaschine (6000,-).

Die Räucherkammer ist in der Garage und der Waschkeller dient als Trockenraum für die Salami. Ein paarmal haben sich schon die Nachbarn wegen des seltsamen Geruchs beschwert.

Aber jetzt braucht er nie mehr Wurst zu kaufen. Auch selbstgemachtes Brot und Brötchen schmecken viel besser, haben sie in der Hobbythek gesagt.

Die Wuzzen und das Mehl holt er aus dem Odenwald, sowie die frische Milch. Fachbücher übers Backen kann man sich aus der Universitätsbibliothek holen.

Wesentlich billiger, auf Dauer gesehen, ist es, wenn man die Haare seiner Frau selbst schneidet, wäscht, einlegt und föhnt. Man muss halt nur im Schlafzimmer so eine große Trockenhaube vom Frisör einbauen und diese, damit die Wand nicht einstürzt, durch die Wohnzimmerwand mit einer Stahlplatte verschrauben, die man dann durch ein schönes großes Bild verdeckt.

Neulich hat die Hobbythek das Selberschneidern empfohlen. Herr Schmidt braucht nun nie mehr Hemden zu kaufen, er näht alles selbst. Die Nähte sind viel gerader und sauberer als gekauft und die Bündchen sind fein verstärkt, die Knöpfe werden nie mehr abreißen. Er hat schon zwanzig schön bunt gemusterte Hemden aus besten Stoffen im Schrank hängen. Voraussetzung dafür ist die gute neue Nähmaschine gewesen und der passende Ratgeber-Band Nr. 5 aus der Hobbythek.

Im Moment beginnt Herr Schmidt gerade damit, seine Schuhe selbst zu reparieren. Der Tischler ist schon beauftragt, einen Leisten nach seinem Maß zu schnitzen, dann kann er sich seine Schuhe selbst herstellen. Dann braucht er nie mehr Schuhe zu kaufen. Dann ist er finanziell völlig unabhängig und schließlich ist Selbstgemachtes viel besser.

Eintrachtfan

Wenn deine Mannschaft beim Auswärtsspiel siegt, das kann übel ausgehen. Da musst du die gegnerischen Fans fest im Blick behalten. Weil, wenn die Eintracht gewinnt, dann gibt's Zoff, da kommen die Gegner aus allen Ecken. So schnell, das kannst du nicht glauben. Erst läuft alles wie am Schnürchen. Der Schiedsrichter hat gut gepfiffen. Die Linienrichter auch okay. Dann der Sieg. Und das vor nur 1500 Eintrachtfans.

Da geht's los mit dem Gebrüll: "Haut der Eintracht in die Fresse!" Überall geballte Fäuste und verzerrte Fratzen. Nix mehr mit Abhauen. Die gegnerischen Fans schieben sich gnadenlos an dich ran. Dann geht's ganz schnell: Einer zerrt an deinem Schal und bumm, schon haut dir der Idiot voll auf den Kopf. Zum Glück stehst du noch auf den Beinen. Er hat nicht so hart getroffen. Du schüttelst dich, packst den Kerl am Trikot, ziehst ihn ganz nah ran und direkt dein Knie hoch. Der Kerl liegt flach, jaunert und guckt blöd. "Das war richtig", blökt einer, "dass du's dem Ochsen gegeben hast."

Draußen vorm Stadion fragt dich dann so ein Pimpf, ob's beim Rückspiel in Frankfurt 'nen Riesenkrakeel gibt.

"Ach was", sagst du dann, "überhaupt nicht, wir sind doch Menschen." Und du reibst dir deine faustgroße Beule auf dem Schädel. "Die Kerle sind halt so aufm Fußballplatz. Haben vielleicht lange kein Mädchen gehabt, da explodiert's dann halt schnell." Am nächsten Tag holst du dir beim Detlev deinen Fuffy ab, weil du der Einzige bist, der auf 1:3 gewettet hat und das bei 'nem Auswärtsspiel. Sowas hast du halt im Urin.

"Du wirst sehn", sagst du zum Detlev, "eines Tages krieg ich vor Aufregung 'nen Herzschlag. Und dann lieg' ich tot im Stadion, mit meinem Eintracht-Trikot und den Schal um den Hals. So kann's gehn."

Satt

Nein, verhungern braucht hier noch lange keiner. Wo du hin trittst, du musst nur ein bisschen raus ins Grüne, stehst du auf irgendeinem Kraut, das essbar ist, das aber die feinen Leute als Unkraut bezeichnen. Sie kaufen es lieber samstags in der Markthalle ein, für teures Geld.

Wo du hinschaust, rennt doch schließlich was Essbares rum: Hasen, Katzen, Pferde, Krähen, Spinnen, Würmer. Und Hunde zum Beispiel, jede Menge und die sollen doch auch eine Delikatesse sein. Warum auch nicht, wenn sich ganze Völker davon ernähren. Was den anderen schmeckt, muss doch zumindest essbar sein.

Krähen zum Beispiel, von denen gibt's hier jede Menge. Die kann man gut mit einem Lasso fangen, die schmecken wie Tauben, nur ein bisschen zäher.

Na und Katzen gibt's ja sowieso genug. Die schmecken wie Hasen, deshalb muss in Deutschland, beim Verkauf, noch der Kopf dran sein, damit Mutti auch sieht, dass es nicht die Miezekatze vom Nachbarn ist.

Weiter südlich, in Italien, nehmen sie das alles nicht so genau. Jedenfalls zu essen findest du hier bei uns wirklich noch lange Zeit genug. Ja, wenn selbst die Polynesier immer noch satt werden und gut aussehen, obwohl sie nix zu fressen haben außer ihren eigenen Verwandten, kann es mit der Ernährung doch wohl nicht so schlecht bestellt sein.

Natürlich, so eine schöne Regenbogenforelle, mit der Hand gefangen, das ist wesentlich angenehmer.

Eine Höhle müsste man besitzen

Eine Höhle mit Stalagmiten und Stalagtiten aus irgendwas müsste man besitzen. Am besten unter Frankfurt oder Berlin. Dann könnte man von jedem Besucher ′nen Fünfer nehmen und ihn dann von einem Studenten eine halbe Stunde durch ein Labyrinth führen lassen, das rechnet sich, wenn dann die Touristenbusse kommen.

Man könnte erklären, wie unendlich tief man sich hier unterm Meeresspiegel befindet und dass hier, an dieser Stelle, ein 80 Stockwerk hohes Hochhaus auf die Gesteinsschichten drückt und somit auf unseren Kopf. Da wär′s den Höhlenbesuchern momentan ganz schön mulmig.

Die wären dann heilfroh, wenn sie wieder draußen wären, und würden die Freude am Überleben noch in einem passablen Trinkgeld ausdrücken und sogar noch die Erinnerungs-broschüre kaufen, über die Entstehung dieser Höhle durch Sprengungen beim Bau des U-Bahn-Tunnels, sowie über die chemische Beschaffenheit der Stalagmiten und Stalagtiten, die, auf dem enormen Bleigehalt des Erdreiches fundierend, durch die Durchmischung von Cadmium und Fluorkohlenwasserstoff in silbrig-goldener Couleur changieren, und auch darüber, dass die Seen der Höhle die am dichtesten mit nicht messbar vielen Giften gesättigten Grundwasserseen Europas sind.

Froh, jener Gefahr entronnen zu sein, diese Broschüre in der Hand zu halten und sich anhand schönster Farbfotos an ihren Gang durchs Höhlenlabyrinth erinnern zu können, werden sie die Kunde von diesem einzigartigen Abenteuer (unter Einsatz ihrer Gesundheit) im Freundes- und Bekanntenkreis weiterver-breiten und dafür Sorge tragen, dass ein stetig wachsender Besucheransturm die Finanzierung eines aufwendigen Beleuch-tungssystems sowie die Entlohnung der studentischen Hilfskräfte sichert und auch diverse Annehmlichkeiten für den Höhlenbesitzer, was da meint Immobilien in schöner, gesunder Lage, mobilitätssichernde Technomobile, nebst einem sich in stetigem Wachstum befindlichen Kontostand für die beträchtlichen Summen, die solche Kleinigkeiten eben mal kosten, die man schon immer gerne mal haben wollte. Man müsste eben halt eine Höhle besitzen.

Ich wollte nicht stören

Entschuldigen Sie vielmals. Aber ich wollt' nicht stören. Ich wusste ja nicht, dass Sie da sind.

Ich wollt das Fräulein sprechen.

In welcher Angelegenheit, ja, das ist so eine Frage, die ist nicht so leicht zu beantworten.

Tja, wenn die Geschlechter so zusammenfinden. Naja, ich will aber auch nicht stör'n.

Wie ich hörte, ist die Bindung ja ein bisschen fester. Ich will dann ja auch nicht das fünfte Rad am Wagen sein. Ja, na da geben Sie mir doch mal kurz das Fräulein.

Ja, guten Tag, hier ist der Walter Kling. Ich will nicht stören. Ich hab halt gedacht, ich ruf doch einmal an. Aber ich möchte ja auch keinen Keil zwischen das Verhältnis treiben. Aber es ist halt auch nicht leicht, jemanden zu finden. Ei, ich hab Sie neulich so fünf Minuten allein da sitzen sehn, da hab ich Sie halt angesprochen. Ich konnte ja auch nicht ahnen, dass eine Minute später Ihr Freund kommt. Naja, ich will Euch ja nicht stören. Ich will ja nicht "den dritten Mann" bei Euch machen. Ich melde mich dann später noch einmal, wenn ich dann jemand gefunden hab.

Sie müssen verstehen, man möchte halt auch nicht gern zwischen zwei Stühlen sitzen. Aber es ist halt nicht leicht, jemand zu finden, wenn man nicht mehr zwanzig ist. Wenn man dann auch noch an so eine Hysterikerin gerät, die dann gleich wie von der Tarantel gestochen aufspringt, wenn man sie nur anspricht. Das ist doch auch nix. Was ist denn Ihr Freund für ein Maler? Ein Handwerker oder? Malt der so Landschaften oder wie? Ach so, abstrakt. Na, das ist nix für mich. Mir gefällt das Gegenständliche, weil, ich bin halt unterm anderen Regime erzogen, damals. Mir gefällt halt sowas, ich kann nix dafür. Ja, sind Sie mir nicht bös, aber ich wollt nicht stören. Ich melde mich dann später mal. Ich komm dann nochmal drauf zurück, wenn ich jemand gefunden hab. Das ist dann besser so. Also, auf Wiedersehn und entschuldigen Sie vielmals.

Die Zwozwoundsechzig

Als er neulich eine Schädelprellung hatte, da hat er tagelang schreckliche Angst vor dem W in seinem zweiten Namen, der auch in seinem Pass steht. Jonny ist besser, das ist die zärtliche Form, die die Mutter benutzt. Und Rolf ist auch besser, so heißt sein Bruder. Der hat sein Abitur mit Laufen gemacht. 10,6 auf 100 Meter. Der Adorno hatte auch ein W, aber der hieß ja Wiesengrund und nicht Wolfgang.

Jedenfalls hatte Jonny W. Pech gehabt, denn Theodor W. Adorno ist ein Jahr, nachdem Jonny Abitur gemacht hatte, gestorben und an den Horkheimer konnte man einfach nicht so richtig rankommen.

Jonny hat das Studium halt abgebrochen und sein Bruder hat es dann auch geschmissen und sie haben sich mit der Zwozwoundsechzig einen richtigen Arbeitsplatz geschaffen.

Bis Herbst '83 hat die Zwozwoundsechzig noch existiert und Jonny hatte da grade auch seinen Führerschein wieder. Da ist der Bruder, total zu, nachts in die Büsche gefahren und dann in eine Baustelle gebrettert. Totalschaden. Und er ist abgehauen.

Als die Polizei angerufen hat, war Jonny zum Glück daheim und ganz klar. Er hat denen gesagt, dass er den Wagen gefahren hat und dass der schwarze Hund über die Straße gelaufen ist, dem er ausweichen wollte, und dass er von der Straße abgekommen ist und Panik hatte, weil er ja grade den Führerschein wieder hatte. Dann musste er noch in der Nacht auf die Wache und ins Röhrchen blasen. Das war okay, er war ja völlig clean. Onkel Freddy hat später immer wieder betont, dass das rechtschaffen gewesen sei, seinen Bruder in Schutz zu nehmen. Rechtschaffen. Er ist also ein rechtschaffener Bürger. Er, Jonny W., Dichter und Denker, der den Adorno verpasst hat.

Nachsitzen im Gare de l'Est

In Paris, da haben sie ihn mir beigebracht, den Unterschied zwischen einem Express und einem Rapide. Mardi, nach 15 Jahren der Entschluss, Paris wiederzusehen. Abfahrt 22.56 Uhr. Ankunft 7 Uhr. Gare de l'Est. Paris. Kalt. Zum Glück ohne Schnee. Mercredi. Hotel Fleurie. Avenue de la Motte Picquet. Sehr gutes Hotel mit Fernseher und Sex für jeden. Aber nicht für mich, von wegen Geist. Champs des Mars. Das Kriegsministerium mit der Nummer 13, weiß auf blau, in Emaille, wie bei uns die Rat-Beil-Straße, zum Beispiel. Dann, Hotel Royal, die Saint-Exupéry-Ausstellung. Sehr wichtig. Jeudi. Mein Geld ist alle, es reicht gerade für die Rückfahrt, ohne Aufschlag. Um 11 Uhr, sagt man mir, geht der Zug. Ich laufe also herum, im Gare de l'Est. Ohne einen Sou. Nichts zu Fressen, nichts zu Saufen und steige um 10 Uhr 45 in den Zug ein. Der Schaffner kommt, als ich mich in dem eiskalten supermodernen Zug gerade so zum Schlafen eingerichtet habe und sieht meine Fahrkarte. "Non", sagt er, "dies ist ein Rapide, mit dem können sie nicht fahren, der kostet Zuschlag, sie müssen warten, in 6 Stunden fährt der nächste Express." Ich habe fünf Flüche losgelassen.

Das ist doch unglaublich. Da wollen einem die Franzosen weismachen, dass ein Rapide schneller ist, als ein Express, wo doch im Lateinischen eindeutig express die Bezeichnung ist für das Schnellste, was es überhaupt gibt.

Also sechs Stunden Nachsitzen am Gare de l'Est. In der Kälte herumlaufen, ohne einen Sou in der Tasche. Hätte ich bloß gestern nicht alles mit vollen Händen rausgeschmissen für den Rouge, den Rosé den Beaujolais... Außer einem Rest Tabak, zwei winzigen Stückchen Marokko und zwei Blättchen, nichts mehr in der Tasche. Und das sechs Stunden lang. Mann, da war ich clean. Kein Tropfen Alkohol und nur fünf schwere Flüche.

Du musst noch aufpassen, dass sie dich nicht erwischen, die Flics, weil es schließlich Pflicht ist, in Paris, mindestens 40 Francs in der Tasche zu haben, sonst wirst du auch noch eingelocht. Da hab´ ich die Franzosen gründlich kennengelernt, mit ihrem Unterschied zwischen Express und einem Rapide. Sechs Stunden Nachsitzen bei minus 20 Grad, am Gare de l´ Est. Einen Expresso bitte, aber rapide.

Tom Tschones

Alle nennen mich den Tom Tschones, wegen meiner guten Stimme. Meine Leber ist kaputt. Aber der Alkohol tut mir gut. Die meisten Alkoholiker, so ca. 80 %, die sollten lieber aufhören damit. Die vertragen das Gesöff nicht und toben rum oder jammern. Für die ist das Saufen nicht gut.

Aber mich macht der Alkohol glücklich. Wenn ich meine Pulle ansetzen kann, durchrieselt mich das größte Glücksgefühl. Ich trinke und singe. Ich trinke so meinen Stoff und bin überall bekannt. Ich bin halt auch ein gutmütiger Kerl. Das weiß selbst die Polizei. Ich weiß, wie man mit denen umgehen muss. Höflich.

Wenn mir die Pulle aufm Revier aus der Hand fällt, dann sagen die zu mir bloß: "Los Alter, heb die Scherben wieder auf!" Was denkst du, was die mit andern machen. Aber mir tun sie nix. Sie haben Achtung vor Tom Tschones.

Er kriegt sie alle

Er ist einer von denen, denen man´s nicht zutraut. Aber er kriegt sie alle, wenn er nur will.

Er sieht nicht besonders gut aus, aber er hat was. Er ist nicht besonders intellektuell, nein, eigentlich überhaupt nicht, aber er bevorzugt Studentinnen. Tja, und die fahren auch voll auf ihn ab.

Wenn er eine haben will, schaut er sie an, küsst ihr die Hand, schaut auf die Uhr, schaut ihr tief in die Augen und sagt: "Baby, heut Abend um Acht, bei mir." Und sie kommen immer. Er macht´s einfach, und sie sind verrückt nach ihm. Sie kommen, auch wenn er nicht mal mehr als drei Sätze mit ihnen geredet hat. Sie kommen.

Seien Sie ehrlich, Sie werden selten einen Mann finden, der es zwanzig Stunden lang ununterbrochen mit Ihnen tut. Aber das kann er eben nur ein paar Tage mit ein und derselben Frau. Dann entflammt er schon wieder an einer neuen Blüte, die gepflückt werden will. Und die kommt immer. Warum tun sie das?

Warum tun sie das mit einem Mann, der ihnen so viel Kummer macht, falls sie sich, ob seiner durchaus lobenswerten Befähigungen im zwischenmenschlichen Bereich, bedauerlicherweise in ihn verlieben? Warum tun sie es? Sie tun´s und er kriegt sie alle.

Sind Sie vielleicht interessiert?

Darf ich mich ein bisschen zu Ihnen setzen? Keine Angst, ich will nicht an Ihnen Ihre Tasch.
Man will halt ein bisschen erzählen. Ist es erlaubt? Was schreiben Sie denn so? Ach so, Geschichten. Also ich bin auch sehr interessiert an Geschichte. Ich geh ab und zu ins Historische oder ich fahr auch mal nach Ingolstadt oder nach Fulda und guck mir die alten Sachen an. Da schreib ich dann alles auf, was ich so find. Zum Beispiel, was so auf den Grabsteinen steht. Natürlich ist das meist Lateinisch. Das ist oft gar nicht so leicht, weil die Schrift ziemlich kaputt ist, vom Wetter und so allerlei. Manchmal haben die auch schon lange gelegen und die Leute sind drüber gelaufen. Da ist manchmal ein Wort weg oder ein paar Buchstaben. Da hab ich mir an einem ganz schön die Zähne ausgebissen. Ich lese da so: Pueril. Und denk dabei, das ist vielleicht der Vorname. Dass er vielleicht anders ausgesprochen wird. So wie Englisch vielleicht. Aber falsch. Ich hatte nicht geseh'n, dass das Wort noch weiterging. Puerilis, hat's geheißen, weil da nämlich kein Punkt war. Na, und was soll ich sagen, da bin ich zum Pfarrer, zum katholischen natürlich, weil die ja eher noch im Lateinischen bewandert sind, und der konnt's nicht rauskriegen. Ist ja auch klar.
Ich hatte es ja falsch abgeschrieben. Na, und so manch anderer Pfarrer wollt auch nicht so recht dran an die Sach. Da bin ich dann zur theologischen Hochschule in Oberrad. Ich wollt's halt gern wissen. Nicht wahr. Und der Professor, das war ein sehr gescheiter Mann, der hat das dann vermutet, dass da kein Punkt ist, und der hat recht gehabt. Na ja, ich wollt ihm was dafür geben. Für seine Müh. Aber der hat sich mit Händen und Füßen gewehrt. Man weiß ja nie, wie man's so richtig macht. Ich wollt ihn ja vielleicht wiedermal wegen einer andern Sache

fragen, aber vielleicht fühlt der sich belästigt. Ja, und was wollt ich noch sagen, an so einem Aufsätzchen über die Geschichte, da schreib ich fast ein halbes Jahr. Bis man all die richtigen Wörter beieinander hat, das ist gar nicht so leicht. Und manchmal fehlt's auch noch ein bisschen an der Rechtschreibung. Da gibt's zum Beispiel an so Säulen die Kannelüren, da weiß ich dann nicht, ob's dann heißt: die kannelürten Säulen oder die kannelierten Säulen.

Na und so weiter. Und dann das Ganze schön mit Sepia auf Pergament, in Kursiv und ein Wappen mal ich dann auch noch dazu. Da ist dann ein Jahr um. Ich bin halt auch ein bisschen langsam. Aber ich muss ja nicht davon leben. Und schließlich kann man ganz schön eingehen, wenn man seine Sachen dann fortschickt. Da kommst du an welche, die lesen's gar nicht, andere, die schicken's zurück und sagen, sowas braucht man nicht und wieder andere, die wollen's behalten und nix dafür bezahlen. Das ist mir mal bei so einem Jurist passiert.

Dabei kostet ja alles. Das Pergament, die Farbe, die Reise und dann der Buchbinder, bei dem lass ich's immer pressen, damit's besser aussieht. Wenn es doch noch Falten gibt, muss ich mit dem Bügeleisen und einem sauberen Löschblatt drangehen. Naja, zum Glück muss ich ja nicht davon leben. Es ist halt so ein Hobby. Sie wissen's ja sicher auch. Sie interessieren sich ja auch für Geschichte. Was wollt ich noch sagen? Wenn Sie sich auch für so Sachen interessieren, da könnten wir doch auch ab und zu mal zusammen... Ich mein, ich will's Ihnen ja ganz ehrlich sagen... Wissen Sie, meine Frau, die ist nämlich tot, und ich mein, ob das gut gehen könnte mit uns beiden? Finanziell gesehen gibt's keine Probleme, da ist bei mir alles prima in Ordnung. Aber ich braucht halt so jemand, mit dem ich reden könnt, und meine Wäsche, die mach ich selber. Es wird halt nicht so ganz akkurat, wie bei 'ner

Frau. Und das mit dem Kochen, das hab ich mir auch beigebracht. Aber ich stell mir so vor, wenn wir zusammen...

Ich geh halt so gern ins Liebighaus und ins Historische, wegen der alten Möbel und so.

Na, und Sie, Sie interessieren sich doch auch für Geschichte, haben Sie doch gesagt.

Rudi

Rudi kriegt das mit den Frauen einfach nicht so hin. Schon, Rudi wollte immer mal heiraten und so ganz ruhig und glücklich sein, aber Rudi findet keine Ruhe.

Rudi sieht eine Frau und er liebt sie. Ja, das kann er wirklich sagen, er liebt sie, die Tuppifee, die Mäuschlerin, die Reck-den-Popo, die Zwincke-Pincke, die Schalkemusch, die Gleich-sprudelt-mein Quell, die Pack-mich-wo, die Sei-mein-Hasen-tigerchen, die Feuerwehr-komm-schnell-vorbei. Rudi ist ein-fach nicht Herr seiner Erregungen. Rudi reagiert auf das Weibliche und dann gibt es keinen Aufschub. Rudi muss ran. Rudi muss richtig und zwar mit der Richtigen, der Verur-sacherin, sonst kann er für nichts garantieren. Rudi hat da Routine, und Rudi rennt fast immer offene Türen ein. Das erleichtert das Ganze natürlich kolossal. Rudi ist schließlich auch nicht mehr der Jüngste. Mit Rudi tun sie's direkt, ohne zu zögern und überall.

Rudi drängt es ja so, da gibt es kein langes Wo-wär's-denn-am-Schönsten. Rudi begehrt, das reicht. Dafür lieben sie ihn. Und wenn er sich irgendwann, nach langer Zeit, mal wieder ranpirscht, dann haben sie ihm schon verziehen, dann ist alles klar. Sie wissen ja alle, Rudi ist rastlos, Rudi kriegt's anders einfach nicht hin.

Wie im Film

Mit dem Filmen, das ist ja auch so eine Sache. Ist ja alles Lüge. Da erzählen die den Leuten was, und die glauben es, weil sie haben's ja im Film geseh'n.

Neulich, da war ich am Bahnhof im Kino. Also ich komm rein und schon geht's los. Da kommt so ein Muskelprotz die Tür rein, breites Grinsen aufgelegt, schiebt eine riesige Latte vor sich her. Gleich stellt er sich dann breitbeinig vor einen Stuhl, juckelt ein bisschen an seinem Leo rum, schon geht ihm einer ab, gut sichtbar, der Strahl so auf eine Bild-Zeitung, die da zufällig auf dem Stuhl liegt. Dann dreht er sich langsam um, schüttelt seinen Lodl, schüttelt ihn wie wild und will ihn grade wieder in die Hose stecken, da entdeckt er so ein Flittchen, hinten auf einem riesigen Wasserbett. Sie, die Beine schön breit, fingert so verträumt an ihrer Muschi rum. Er hat natürlich gleich wieder einen stehen und stürzt sich auf die Kleine. Er macht's ihr wie wahnsinnig, von vorne, von hinten, von oben, von unten, wühlt so richtig in ihr rum. Sie wird immer schärfer, er zielt den Strahl auf den Bauch, damit man's auch gut sehen kann. Aber die Fettel ist jetzt erst richtig aufgegeilt und tierisch drauf. Sie packt den Kerl und fängt direkt an, ihm einen zu blasen. Er natürlich hat schon wieder einen Steifen, das ist doch klar. Sie lutscht und saugt wie eine Wilde, bis er ihn wieder rauszieht und natürlich, im gleichen Moment, geht ihm wieder einer ab und er spritzt ihr die ganze Soße voll ins Gesicht. Damit's auch jeder gut sieht. Das Ganze passierte innerhalb der ersten fünf Minuten.

Eine Frau, die in einer Reihe hinter mir gesessen hat, hat dauernd gesagt: "Ach, wenn das mein Mann doch könnt', der kann immer nur einmal und da kommt's ihm gleich und dann dreht er sich rum und schläft!" Die hat alles geglaubt. Und wenn's so 'ne ganze Stunde weitergegangen wäre, hätt' sie auch gesagt: "Jawoll, das ist es. Der kann's aber richtig, der kann fünfzigmal hintereinander. Das stimmt! Ich hab's doch im Film gesehn!"

Ohne Präser

Also, in letzter Zeit sieht er immer wieder Leute, die sich am Hals so die Drüsen betasten. Das macht ihn echt nervös.

Drum hat er auch seine Ex angerufen, die Siggi, die ist Ärztin, und die macht´s mit jedem. Immer ohne Präser, weil sie so heiß ist, und weil sie das Fleisch spüren muss. "Siggi", hat er gesagt, "Siggi, ich hab Bedenken. Du musst unbedingt mal den Test machen lassen."

Aber auch bei seinem Bruder ist das so eine Sache. Der geht ständig in den Puff, und wenn man ihm was sagt, sagt er immer: "Ich hab´s nicht und ich krieg´s nicht, weil ich gute Abwehrstoffe hab. Ich kann meinen Schwanz überall reinstecken. Wichtig ist nur, dass man keine Angst hat, Angst ist gefährlich, Angst schwächt."

Trotzdem ist es besser zu Hause seine Zahnbürste einzuschließen und ungeheuer aufzupassen mit den Gläsern und Tassen.

Zu seinem Hausarzt hat er neulich gesagt: "AIDS?" Da hat der gelacht und nur gesagt: "Sie doch nicht!" Und hat eine halbe Stunde von den Risikogruppen geredet. Wo man doch weiß, dass jetzt auch immer mehr Frauen und Mädchen den Virus haben und übertragen.

Und in Amerika, da geht man am Tag so ganz ahnungslos am Strand spazieren, barfuß im wunderbaren Sand, und am Abend kommt ´ne Warnung im Fernsehen, dass so ein Verrückter überall am Strand Glasampullen mit AIDS-Blut ausgelegt hat, damit die Leute drauftreten und sich infizieren.

Man traut sich ja wirklich bald gar nichts mehr. Naja, soweit ist es hier zum Glück ja noch nicht. Da beißt höchstens mal ein Infizierter einen Polizisten, wenn der ihn festhalten will, weil er was geklaut hat, um sich Stoff zu beschaffen.

Aber trotzdem. Dass es jetzt auch schon die ganz jungen Mädels haben können, das macht einen ganz nervös. Man kann sich doch nicht vorher jedes Mal einen Lebenslauf und den aktuellen Test vorlegen lassen. Da kann man ja gleich den Schwanz an der Garderobe abgeben.

Oh, Gott, mir tun schon alle Drüsen weh!

Aber jetzt erst mal Prost! Vom Biertrinken hat´s jedenfalls noch keiner gekriegt, nicht wahr, Herr Ober!

Der Fremdenlegionär I

Meine Freunde. Wie geht es Euch? Mir geht's nicht gut. Ich war Fremdenlegionär, und wenn ich Bacardi trinke, dann geht's mir nicht gut. Ich werd' in vier Jahren 60, und wenn ich diese Typen alle hier so rumlaufen sehe, könnt ich sie ohne Weiteres niedermachen. Aber ich selbst, ich hab' Angst vorm Sterben. Ich, der Fremdenlegionär, der glatt jeden töten könnte, der da so rumläuft, ich hab Angst vorm Sterben. Ich war mal der Champion, hab die Handgranate 60 Meter weit geworfen. Aber plötzlich war ich nicht mehr stabil und dann kam der Bacardi und so weiter. Jetzt hab' ich noch drei Wochen zu leben, aber ich hab Angst, auch wenn ihr's nicht glaubt. Ich konnte die anderen alle massakrieren, ich hab's erfahren, was ein Mensch ist. Ich hasse diese Gesellschaft, die Menschen. Was ist schon ein Mensch, 90 % Wasser, 10 % Knochen und der Rest ist Intelligenz und das ist ganz schön wenig, was da geblieben ist an Intelligenz, ganz schön wenig. Deshalb konnte ich sie alle umbringen. Ich bin eben ein Abenteurer. Jetzt trinke ich Bacardi und in drei Wochen bin ich tot, aber trotzdem habe ich furchtbare Angst vorm Sterben.

Der Fremdenlegionär II

Kennst du mich noch? Ich bin der Legionär. Aber jetzt kein Penner mehr. Jetzt ganz seriös, ganz bürgerlich. Ich hab eine Kur gemacht, beim Blauen Kreuz in Kassel. Zwei Jahre. Bin gut drauf gewesen und ganz clean. Ich hab nur halt ständig beten müssen. Naja, die haben viel getan für mich. Eine Wohnung hab ich jetzt auch und sogar Möbel haben sie mir gegeben.

Na, die hätten mir auch meine Verwandten geben können. Aber du weißt ja, die hassen mich.

Und jetzt - ist wieder alles am Arsch. Seit drei Tagen bin ich schon wieder besoffen und trau mich nicht nach Hause, weil ich Angst hab, dass sie's merken. Ich, der Fremdenlegionär, hab Angst.

Einmal Kairo - Sudan bitte

In Kairo, Mensch, da geht's zu, jeder fährt, wie er will, und jeder tut hupen. Menschen, Autos, alles durcheinander, alles geht auf der Straße. Mensch, Kairo und ein Dreck und eine Armut.
Natürlich gibt es auch ein Viertel, wo die Reichen wohnen. Aber insgesamt viel Armut überall. Wir müssen ganz zufrieden sein, nein, natürlich nicht die, nur wir hier.

Sudan. Sudan ist wieder ganz anders, aber interessant, sieht alles ganz anders aus als hier. Viel Sand, Oasen, Wüste.
Die Häuser ganz anders. Ich hab mit den Beduinen geschlafen, in der Wüste, weißt du, die Beduinen in den Zelten. Die waren freundlich, die Beduinen, wenn sie Alemann gehört haben, haben sie gesagt: "Alemann gut!" Nur wenn sie Engländer gehört haben oder Franzosen, da sind se bös geworden, wegen der Kolonien.
Die Araber können die Juden nicht leiden, und weil die Deutschen die Juden gekillt haben, sagen sie: Alemann gut.
Ist ja auch nicht richtig. Aber viel zu essen gab's, immer Hirsebrei, aber arm sind die Leut', aber mit Alemann hier, da waren sie immer freundlich.
Man braucht nicht mal zu sprechen, die sehen sofort, wo man herkommt, ich weiß auch nicht, warum. Entweder an der Kleidung oder an der Kamera oder am Gepäck, die sprechen dich jedenfalls gleich an und sagen Alemann. Die Deutschen sind da unten halt gern gesehen. Wenn du gefragt hast, wie viele Franzosen hast du bumm bumm gemacht, da haben sie gelacht. Na, ist ja auch eigentlich blöd, ist ja auch nicht richtig, aber interessant da unten, ganz anders als hier.

China

Wie's in China ist? Das kann man nicht so einfach sagen, aber das eine ist sicher, es ist hart, unglaublich hart. Wenn du als Westeuropäer so meinst, dass du eigentlich mit allem recht gut zurechtkommst und wärst deswegen auch für China geeignet, da kannst du dich ganz schön täuschen, da musst du nämlich ganz schön hart trainieren, um China aushalten zu können. Denn China ist so hart, dagegen ist der Urwald ein geordnetes Chaos.

In China ist eigentlich immer gleichzeitig alles möglich und unmöglich und das macht es so schwer. Wenn ich mir überlege, was es da allein ein Problem ist, einen einzigen Nagel zu kaufen.

Freunde finden kann ein Westeuropäer dort eigentlich so gut wie gar nicht, das interessiert die Chinesen einfach nicht. Die kennen nur eins, arbeiten und arbeiten. Die arbeiten und arbeiten und sind doch so arm, dass oftmals eine fünfköpfige Familie nur eine einzige Hose besitzt. Aber wie sich diese Leute fühlen, das kann man eigentlich gar nicht beschreiben. Ob sie leiden? Sie sind einfach völlig anders als wir.

Wenn dort einer vom Auto überfahren wird und es kommt jemand auf die Idee, Wiederbelebungsversuche zu machen, dann lachen die Chinesen nur. Sie lachen den Helfer aus und den, der überfahren worden ist, dazu.

Ob sie geduldig sind? Nein, geduldig sind sie auch nicht. Wir sind da doch wesentlich geduldigere Menschen. Wie oft sitzen wir da und lassen's einfach so auf uns zukommen. Die Chinesen, die rennen den ganzen Tag nur herum. Wir brauchen keine Sprichwörter, die uns was von Geduld lehren, die Chinesen aber haben 'ne Menge davon, weil sie halt ständig am Rennen und Zappeln sind.

Was in den Chinesen vorgeht, das werden wir nie kapieren, selbst wenn wir Chinesisch studieren und einigermaßen die Sprache sprechen können. Die Chinesen sind solche Typen, die machen immer weiter, sie funktionieren, und wenn du ihnen sagst, das müsst ihr ändern, damit's besser wird, dann lächeln sie. Man kann nichts ändern, sagen sie, bei uns hat sich seit 5000 Jahren nichts Grundsätzliches geändert. Sie haben immer unter Feudalherrschaft leben müssen, mit Ausnahme dieser fünfzig Jahre Mao, die aber letztendlich auch nichts Entscheidendes geändert haben. Die Chinesen sind halt eingeübt, eins auf den Deckel zu kriegen, ob von denen oder von denen, und so machen sie eben immer irgendwie weiter in diesem Land der größten Möglichkeiten und Unmöglichkeiten.

Aber wirklich aussagen kann ein Westeuropäer eigentlich nichts über dieses Land, auch wenn er eineinhalb Jahre dort gelebt hat. Ob's in Kalkutta schlimmer ist als zum Beispiel in Beijing, das kann man allerdings bezweifeln.

Der Mensch ist wie ein Tier

"Das sag ich dir", sagt der Enno aus dem Molle-Eck, "solange der Mensch nix Böses macht, weil er nix Böses machen will, und wenn auch du nicht denkst, dass es böse ist, musst du das akzeptieren, was er macht. Es ist doch allseits bekannt, dass der Mensch erst mal von Natur aus böse ist. Oder ist hier jemand etwa anderer Meinung? Das ist doch ganz klar. Der Mensch ist wie ein Tier, er tötet, weil er überleben will. Dass er so ist und wenn er so ist, das muss man halt akzeptieren. Aber, wenn der Mensch freundlich ist und sagt: "Hey, ich finde dich gut." Und hinterher stellt er dir eine Falle und setzt alles dran, dich zu vernichten, dann ist das eine Schweinerei!"

Pille

Der Pille ist an sich ein guter Doktor. Der hat Matrosen behandelt auf See, Prostituierte auf der Reeperbahn. Er hat bei Kindern die Masern und die Windpocken und bei manchem Jüngling die Tuberkulose geheilt.

Er hat im Krankenhaus riesige Eiterbeulen aufgemacht, hat Knie, Nasenbeine und verrenkte Schultern gerichtet. Pille kennt sich aus mit Cholera und Malaria und Herzinfarkten und er gibt den Leuten am liebsten keine Medikamente.

Meist sagt er nur nach der Behandlung, dass sie jetzt nach Hause gehen und sich entspannen sollen, denn dann wird sowieso alles gut. Dann lächelt er so spitzbübisch und schon geht's gleich ein bisschen besser.

Und auf einmal will Pille kein Doktor mehr sein. Er hat Angst vor Bazillen, vor Viren, vor Wunden, vor Blut, vor Abszessen und davor, dass er kleine Kinder mit schweren Krankheiten behandeln muss. Pille hat Angst und er weiß genau, dass keiner ihn heilen kann.

Eigentum

Wenn man abends zurückkommt, muss man ja heutzutage Angst haben, in sein Eigentum reinzugehn. Da muss erst mal der Mann mit der Pistole vor und dann der Hund. Da muss man erst gucken, ob da einer liegt, der sich einquartiert hat, so ein Penner oder ein Drogentoter. Nein, man hat gar keinen Spaß mehr an seinem Eigentum.

Dabei hat man alles so schön hergerichtet. Man hat 'ne Damen- und 'ne Herrentoilette einbauen lassen, fein mit Plättchen ausgelegt und zwei große Waschbecken. Und jetzt muss man immer erst mit Sagrotan überall dran, an die Türklinken, die Wasserhähne, wegen AIDS, für den Fall, dass sich der Drogentyp in der Wohnung erst noch rumgetrieben hat.

Nicht mal 'nen kleinen Fernseher kann man dalassen oder ein Radio, alles wird geklaut. Und die Essensvorräte, die sind auch weg. Jedenfalls, was in Dosen ist. An das, was offen ist, trauen die sich ja nicht dran, weil sie denken, es könnte vergiftet sein. So ist das, da hat man ein bisschen Eigentum und hat nichts davon.

Lotto

Er spielt halt immer mal Lotto. Nicht, dass die Rente nicht reicht, aber wenn was dazu kommt, kann´s nix schaden. Große Sprünge kann er sowieso keine machen, aber er hat sich doch nicht sein Leben lang abgerackert, um dann im Alter noch den Gürtel enger zu schnallen. Er will sich doch ab und zu auch mal was gönnen. Es bleibt doch fast nix übrig, wenn die fixen Kosten bezahlt sind. Ab und zu ein Ausflug muss doch drin sein und vor allem das, was die Apotheke von einem will. Das reißt Löcher in die Haushaltskasse. Drum spielt er halt Lotto und hofft. Und auch wenn´s nie einen Hauptgewinn gibt. Aber ab und zu hat er doch mal ein paar Richtige, da hat er den Einsatz raus und kann sich freuen, wenn noch ein kleiner Überschuss bleibt. Das ist doch ganz schön.

Sein Tod

An seinem Tod wird keiner mehr was verdienen. Das schwört er. Acht Jahre, bevor es drangeht ans Sterben, da wird er sich ein paar Bretter und Nägel besorgen und wird sich einen wunderschönen Sarg tischlern. Den wird er ganz rot anstreichen und auf den Deckel wird er Hammer und Sichel malen. Da können die ihn alle mal, mit ihrer deutschen Wohnzimmereiche. An seinem Tod soll sich keiner gesundstoßen.

Der Kopf ist ein Betrüger

Wenn der Mensch sich sagt: "Ich werde jetzt hungern, das wird mir guttun. So kann er dies tun und sein Körper hält das auch eine gewisse Zeit aus. Sehr bald aber meldet sich der Kopf. Er signalisiert, dass man doch eigentlich mal wieder dieses oder jenes essen könnte oder müsste. Und prompt wird natürlich der Körper schwach und schwächer. Er produziert Verdauungssäfte und es gibt nichts zu verdauen, schließlich hat der Mensch genug davon und schlägt sich den Bauch voll mit all den feinen Sachen, die sein Kopf sich erdacht hat.

Wenn das Essen dann verdaut ist, kriegt der Kopf seinen Teil ab. Das Gehirn ist wieder zufrieden, ruhig und souverän, und der Mensch beginnt zu denken, dass er das Hungern doch mit Sicherheit noch eine ganze Weile hätte aushalten können. So hat der Kopf ihn wieder einmal betrogen.

Fliegen

Wo ich war? Das kann ich Euch sagen, nix mit Kunst, wie bei Euch. Ich war tot. Und jetzt steh ich hier, weil die Dokters mich nach Strich und Faden wieder zusammengebastelt haben.

Es war halt wiedermal soweit, die Alte hatte mich mürbe gemacht mit ihrem ewigen, "du machst das nicht richtig, du taugst zu nichts, du kannst nichts". Außerdem hat sie an dem Tag wieder angefangen mit den Geschichten von der Zwangsarbeit, vom Internierungslager in den Adlerwerken und dem SS-Mann, der ihr den Joschel angehängt hat, und dass der Joschel deshalb nix taugt. Sie hat und hat nicht aufgehört, mich mürbe zu machen mit ihrem "du sollst, du musst", bis ich die Pulle Wodka leer hatte.

Da bin ich ausgerastet. "Jetzt wirst du mal sehn, was der Joschel kann" hab ich sie angebrüllt. Ich hab gelacht und dann ganz ruhig zu ihr gesagt: "Der Joschel, der kann fliegen!" und hab das Fenster aufgemacht. Du weißt doch Wolfgang, du kennst doch die Ostendstraße, das Hochhaus, im 3. Stock. Ich bin auf die Fensterbank geklettert und hab mich aufgerichtet. Die Alte hat gekrischen wie am Spieß "Hör auf, was machst du da, komm runter". Aber der Joschel hat nur gesagt: "Ich zeig dir, was ich kann. Ich kann fliegen!" und bin gesprungen, aus dem 3. Stock, runter aufs Pflaster. Das war´s.

Wahrscheinlich haben mich irgendwelche Sanis zusammengekratzt und in die Uniklinik verfrachtet. Ich hab´s nicht mitgekriegt. Die Dokters haben wohl gedacht, bei dem kann man sowieso nix mehr falsch machen, und haben mich mit allen Mitteln wieder zusammengeflickt. Ich war ja im Koma, da hab ich nix davon gemerkt. Ich hab jetzt ne Platte im Schädel, die Nase ist wieder dran und das andere auch. Der Arm ist hin, der bewegt sich nicht mehr, aber sonst geht´s. Wie gesagt, ich hab nicht viel gemerkt davon, dass die ein Jahr lang an mir rumgeschnippelt, geschient und genäht haben. Na und, nun bin ich wieder da.

Die Alte hat vielleicht Augen gemacht, als ich vor der Tür stand. "Joschele mein Joschele" hat sie gejammert und gejaunert und hat mir kiloweise Zucker in den Arsch geblasen. Nun hat sie's kapiert, dass Joschele was kann. Ich hab's ihr gezeigt. Aber die Dokters, die waren auch nicht schlecht. Gell, da seid ihr platt, dass ich wieder da bin!

Sonst nichts

Das ganze Leben lang zappelst du dich ab und raffst dich immer wieder auf. Auch wenn du ganz tief gestürzt bist und bis zum Hals im Schlamm steckst und sie immer noch feste auf dich drauftreten, du schaffst es und kommst wieder hoch. Und dann, eines Tages, bist du einfach weg – nur weg, sonst nichts.

Der Mensch, die Kirche und die Natur

Eine Kirche, die braucht der Mensch eigentlich gar nicht. Mit dem lieben Gott kann er auch so seine Abmachungen treffen. Wenn der Mensch nämlich beten will, dann kann er rausgehen in die Natur und kann in den Himmel gucken. Das ist die größte Kirche. Da kann er dann beten, unterm Sternenzelt, beten, bis er schwarz wird, und kein Aas fragt nach ihm.

Da ist er ganz alleine mit sich und seinem inneren Schweinehund. Da kann er dann mit dem Kampf loslegen und kann den inneren Schweinehund niedermachen, wenigstens für eine Weile.

Aber eine Kirche, die braucht er dazu nicht, nicht die Bohne, die kann ihm dabei eh nicht helfen.

Der Mensch muss sich nur die Natur richtig angucken, und wenn er will, kann er auch zum lieben Gott beten, und dann merkt er auf einmal, dass er nur so 'ne ganze winzige Mücke ist und dass er nämlich gar nix weiß von dem ganzen Universum. Das ist nämlich ganz großer Quatsch, dass der Mensch sich immer so eine Wichtigkeit gibt.

Was können die Menschen denn schon ausrichten?

Die Natur, die lacht sich doch kaputt über solche mickrigen Figuren.

Die Natur, die hat doch einen langen Atem. Was können die Menschen denn da schon ausrichten? Wir können so lange kokeln, bis unsere Kugel, auf der wir Menschen ein paar tausend Jährchen gelebt haben, aussieht wie ein Ascheeimer. Dann ist die Menschheit eben hopps. Aber die Natur, die hat gut lachen, die kann locker zehn- oder hunderttausend Jahre warten und dann gibt's wieder ein paar Bakterien und Grünzeug auf dem ollen Kohlebrocken. Und wenn nicht, dann nicht. Dem Universum ist das egal. Das Universum ist groß genug.

Aber die Menschen, die haben nichts begriffen und begreifen nichts.

Wenn sich die Kerle alle mal besser die Natur richtig angucken würden, was es da alles gibt, allein an Blumen oder Vögeln und wie es da draußen riecht, wo noch richtige Natur ist.

Da brauchten sie kein Geld und keine Kirche zum Menschsein. Da könnten sie erstmal ganz bescheiden anfangen nachzudenken und Respekt zu haben.

Vor dem Menschen muss man erst anfangen Achtung zu haben, wenn er die kleine Fliege, die er grad eben zu Mus gemacht hat, wieder so zusammensetzen kann, dass die weiterfliegen kann, als ob nichts gewesen wär.

Inhalt:

"Es ist einfach Wahnsinn, wie das alles rast, es rast so, dass er einfach gar nicht mehr mitkommt. Das alles füllt sich in seinem Kopf an und dann soll er das auch noch verkraften."

Von Querköpfen und Taugenichtsen
"Das hält doch kein Mensch aus"

Brigitte Bee

(Foto: Jean-Gaston Bruehl 1982)

Brigitte Bee lebt und arbeitet seit 1972 in Frankfurt am Main, sie ist freie Autorin, Lehrerin, Diplompädagogin und Dozentin für kreatives Schreiben. Seit 2012 wohnt sie in Bad Orb.

Seit 1980 veröffentlicht sie Lyrik und Prosa in Kultur-, Literatur- und Stadtzeitschriften und Anthologien in Deutschland, Österreich und der Schweiz. Ihre Werke erscheinen in Büchern, Hörfunk, Videos, Poesie-Performances, Musiktheater.

Ab 1980 ist sie in der Künstlerwerkstatt Klosterpresse und im Bundesverband bildender Künstler Frankfurt tätig als "General-sekretärin" und Mitwirkende bei Ausstellungen, Performance-Projekten und Kursen. Sie ist Mitbegründerin der "Galerie für Schwarze Kunst", der "Freien Frankfurter Kunstausstellung", von "Leck-Film", des "Walter-Schadt-Preises", von "Mail-Art-Projekten", der Künstlerzeitschrift "Kunst-Biotop", der Musik-theaterwerkstatt "Dein Hackfleisch". 1991 gründet sie den Autorenbuchverlag Klosterpresse Frankfurt/M.

Ab 1994 ist sie Mitglied im Verband Deutscher Schriftsteller Hessen und der Literaturgesellschaft. Ab 1999-2011 leitet sie die "Frankfurter Schreibwerkstatt" und gibt die Zeitschrift "Projekt Schreibwerkstatt" heraus. Von 2000-2010 leitet sie das Frankfurter Literaturtelefon des VS-Hessen. Sie gründet das Stimmenarchiv des Frankfurter Literaturtelefons, das ab 2005 von Jochen Schäfer (Tontechnik) und Michael Liebusch (www.kunstraum-liebusch.de) unterstützt wird.

Das Dichten ist für Brigitte Bee Kommunikation mit der Welt und mit der Sprache selbst. Dabei entstehen Wortschöpfungen, skurrile Sondersprachen, Lautmalerei und Sprachwitz. Thematisch befasst sie sich mit existentiellen Inhalten und immer wieder mit der Natur. Bei Lesungen arbeitet sie gern mit Musikern zusammen, denn "Lyrik ist ja vom Ursprung her Gesang".

Die Frankfurter Erzählungen von Brigitte Bee sind in den 80er Jahren entstanden. Im authentisch scheinenden Sprachduktus geben hier Menschen wutschäumend, melancholisch, prahlerisch oder versponnen ihre persönlichen Lebens-Mythen und Utopien preis.

Auswahl der Bücher:

2013 "Wirbelndes Sprechwerk – Wörtersonnen", Araki-Verlag, Leipzig
2015 "Schoko-Parcours", Neuauflage im Araki-Verlag, Leipzig
2016 "Blau gefiederte Engel - Anges aux plumes bleues", B.Bee, M.J.Aubriére, D.Talbot, deutsch-französisches Gemeinschaftswerk, Araki-Verlag, Leipzig
2016 "Der Kurpark Bad Orb – ein Loblied", Brigitte Bee und Hilde Heyduck-Huth, Cocon-Verlag, Hanau
2017 "Nahseinsfeuer", Araki-Verlag, Leipzig
20.5.2018 "Dingschattenjagd", Ur-Lesung in der Klosterpresse Frankfurt/Main

Brigitte Bee schreibt Geschichten über außergewöhnliche, eigenwillige Protagonisten, die durch spezifische Denk- und Sprechweisen charakterisiert sind: "Herr Fruchtlos", "Vickis Sehnsuchts-Universum", "Paulus Plau", "Lybyrinth" u. a.

Sie schreibt Lyrik, die geprägt ist durch lautmalerische Wortschöpfungen und experimentelle Sondersprachen. Es gibt von ihr Bilderbücher für Kinder und Erwachsene, satirische Künstlerbücher, "Aphrodismen", Genussgedichte, Schmerz- und Abschiedsgedichte, Liebeslyrik, Naturgedichte und Haikus: "Dein Halgock gispert gööl ins Geisch", "Bankerott", "Schokoparcours", "Wirbelndes Sprechwerk und Wörtersonnen" u. a.

Ihre Werke sind illustriert von Künstler*innen: Wolfgang Klee, Sigrid Palmer, Cornelia Kube-Druener, Siegfried Rasche, Rudi von Borries, Ines Gorges, Hilde Heyduck-Huth u. a.

Es gibt szenische Lesungen mit Marita Kraus, Wolfgang Klee, Susi Volke. Bernhard Bauser macht Poesie-Filme zu Lesungen und Performances von Brigitte Bee "Strömende Stille der Landschaft", "Ich war einmal am Meer" (siehe: YouTube)

Vertont ist ihre Lyrik von Ulrich Theis und Franz Klee und inszeniert für die Bühne, so z. B.: "Lybyrynth" mit der Musiktheaterwerkstatt Frankfurt (ehemals "Dein Hackfleisch"), 2006 im Stadttheater Bern (Uraufführung), weitere Stücke im "LYZtheater" Siegen, im "GallusTheater" Frankfurt/M, "KUZ" Mainz.

2006 Veranstaltungsreihe mit der Liedermacherin dag-mar "Herzblattrauke" und "Quellsalztränen" mit Buch und CD.

Mit Ulrich Theis (Oboe) und Iris Schwarzenhölzer (Gesang) gibt es ab 2007 Lesungen von Brigitte Bee: "Von der Poesie der Sommertage" in der Kunstfabrik Rothenfels, im Nebbienschen Gartenhaus Frankfurt/M in der Klosterpresse Frankfurt/M und der Martin-Luther-Kirche Bad Orb.

Danke!

Für die Herausgabe dieses Buches und das Lektorat danke ich Michael Liebusch. Er ist Schriftsteller und Künstler und seit 30 Jahren Organisator und begleitender Ideengeber des Kunstraum Liebusch. Mit Ausstellungen und Lesungen in der Wohnraum-Galerie und in Gartenanlagen, mit Buchveröffentlichungen und auf der Website (www. kunstraum-liebusch.de) gibt Michael Liebusch einer wachsenden Anzahl von Künstler*innen und Autor*innen aus Frankfurt und Umgebung ein Podium für die öffentliche Präsentation ihrer Werke.

Dieses interdisziplinäre Projekt ist offen für Experimente. Unter den mitwirkenden Kreativen findet ständig ein ausgiebiger Dialog statt, ihre Mitarbeit ist gefragt. Hier kommen Kunstliebhaber, Sammler und Menschen, die selten zur Kunst Kontakt haben, zusammen. Durch die Begegnung mit der Vielfalt der Positionen in Kunst und Literatur erhalten die kreativen Kräfte einen Wirkungsraum.

Michael Liebusch arbeitet derzeit ebenfalls an einem Buchprojekt über Dichter, Denker und Lebenskünstler der 80er Jahre in Frankfurter Stadtteil Bockenheim.